魔幻偵探所 21

智擒雙頭怪

關景峰　著

U0108423

新雅文化事業有限公司
www.sunya.com.hk

魔幻偵探所 21
智擒雙頭怪

作　　者：關景峰
繪　　畫：陳焯嘉
策　　劃：甄艷慈
責任編輯：潘宏飛
美術設計：李成宇
出　　版：新雅文化事業有限公司
　　　　　香港英皇道499號北角工業大廈18樓
　　　　　電話：(852) 2138 7998
　　　　　傳真：(852) 2597 4003
　　　　　網址：http://www.sunya.com.hk
　　　　　電郵：marketing@sunya.com.hk
發　　行：香港聯合書刊物流有限公司
　　　　　香港新界大埔汀麗路36號中華商務印刷大廈3字樓
　　　　　電話：(852) 2150 2100　　傳真：(852) 2407 3062
　　　　　電郵：info@suplogistics.com.hk
印　　刷：中華商務彩色印刷有限公司
　　　　　香港新界大埔汀麗路36號
版　　次：二〇一四年九月初版
　　　　　10 9 8 7 6 5 4 3 2 / 2016

ISBN：978-962-08-6190-1
© 2014 Sun Ya Publications (HK) Ltd.
18/F, North Point Industrial Building, 499 King's Road, Hong Kong
Published and printed in Hong Kong

帶你挑戰魔幻偵探世界

《魔幻偵探所》是一套融入魔法奇幻色彩的新穎偵探小說。在書中，你可以接觸到錯綜複雜的案件、精心安排的陷阱、充滿挑戰的偵探推理，還能窺探到面目可憎的魔怪、異想天開的武器、詭異玄幻的魔界天地。

不同於一般的偵探小說，本叢書提供給你的是各種光怪陸離的案件，你將和書中偵探一起，投入到絕對緊張刺激的偵破行動中。

同時，為了讓你儘快掌握行之有效的邏輯推理方法，領略奇妙動人的魔界空間，我們在每冊書的最後更是精心設計了「偵探課堂」或者「魔法時間」欄目。

在「偵探課堂」裏，我們將從基本的偵探常識入手，逐層深入地講述成為偵探需要掌握的各種技能。你將了解到：如何開展偵探工作，如何具備做偵探工作所需要的心理素質，怎樣有效地提高偵探技能和偵探知識；學習在辦案過程中，靈活機動地做出應變措施；在搜集情報和調查取證過程中，怎樣巧妙地獲得蛛絲馬跡；在面對反偵探、反跟蹤的情況下，懂得擺脫盯梢的尾巴；在撲朔迷離的鬥

智鬥勇中，利用有效手段保護自身實力；在和邪惡勢力對弈交鋒的關鍵時刻，闖過波瀾起伏的生命危機……

　　通過「偵探課堂」指迷，你收穫的不僅僅是揭開神秘面紗、破解疑案謎團的欣喜，還能夠養成細心觀察、勤於思考的習慣，在不知不覺中提高學習知識的興趣。在潛移默化中，還培養了良好的正義觀念，提升了邏輯推理能力，並對養成堅韌性格形成有效的激勵。

　　而「魔法時間」欄目，則匯集了眾多的魔界咒語法令、魔法圖符、魔法植物、降魔武器，它將帶你走進與眾不同的奇幻空間，領略到眾多超自然物質的魅力。

　　如果你不怕動腦筋，如果你極具好奇精神，如果你自信具有足夠的膽量與推理能力，那麼就一起來和魔幻偵探所的成員們去偵破一個個詭異複雜的案件吧！不論你是否已具有一定的推理能力，「魔幻偵探」們都能使你成為偵探推理高手，成為破案高手！

魔幻偵探開始行動

身分：魔幻偵探所創辦人、領頭羊
年齡：120歲
畢業學校：斯塔福德學院（伏魔系）
學位：博士
捉妖經驗：
108年，獲得「捉妖能手」、
「怪獸剋星」等稱號
性格：
遇事鎮定、善於思考，生氣時
聽到幾句好話氣就消了
最具殺傷力的武器：
顯形粉、綑妖繩、無影鋼鐵牆

南森

身分：
魔幻偵探所成員，南森的得力
助手
年齡：13歲
畢業學校：劍橋大學（法術系）
學位：學士
捉妖經驗：1 年
性格：
開朗、逢事觀察細緻，吵架
時總讓着本傑明
最具殺傷力的武器：
綑妖繩、凝固氣流彈

海倫

魔幻偵探開始行動

李傑明

身分：魔幻偵探所實習生
年齡：11 歲
就讀學校：
牛津大學（捉妖系）
捉妖經驗：3 個月
性格：
聰明淘氣、遇事毛躁
最厲害的戰術：
非常規戰術

捷羅

身分：魔幻偵探所機械狗
年齡：100 歲
工作能力：
無所不知的電腦資料庫，
善於用百分比分析事物
性格：
異想天開、調皮、懶惰
最喜歡的食物：
潤滑油
最具殺傷力的武器：
追妖導彈

特級裝備

有一句話叫「好偵探全靠裝備」，就是説一個好偵探可不能缺少一些過硬的裝備。你看，福爾摩斯有煙斗，放大鏡！柯南有手錶、麻醉槍！許多名偵探都有屬於自己的特級裝備，現在我們來看看魔幻偵探所的成員們有哪些足以制服魔怪的武器吧，並看看它們的威力！

捆妖繩

能夠對準魔怪迅速旋轉收縮，將它綑緊綁實，繩子一旦落到魔怪身上，就像嵌入肉裏，魔怪越掙脱綁得越緊，當然放繩子時可要放得準才行。

無形鋼鐵牆

這堵牆其實就是氣流，它把氣流變成了無影無形的鋼鐵牆壁，能將敵人困在其中，衝不出去。

顯形粉

這是一種非常神奇的粉末，即使魔怪偽裝、隱形了也完全能顯現出它的原形。對了，它就是「現出原形」的意思！

特級裝備

裝魔瓶

能把魔怪收進裏面，使其在三天內化成清水的寶瓶。嘿！即使魔怪身形再龐大，也能收進瓶內。

幽靈雷達

能夠準確測定氣流存在的方位，並及時發出警報的裝置。它能跟蹤、測定魔怪在哪裏。不過，如果魔怪的魔力非常強，幽靈雷達有時候也可能測不到，它的更強大的功能還有待你去改進！

追蹤導彈

能夠自動尋找魔怪，進行智能追蹤的導彈，這種導彈威力比較大，一般魔怪根本抵抗不了。

智擒雙頭怪　　　　　　　　　　目錄

第一章　　　機場出現雙頭怪　　　10

第二章　　　伏擊戰　　　20

第三章　　　抓到一個狼妖　　　39

第四章　　　欲擒故縱　　　50

第五章　　　劃區搜索　　　63

第六章　　　發現魔藥反應　　　77

第七章　　　大魔法師查克　　　87

第八章　　　前往「查克坑」　　　100

第九章　　　突遇　　　115

第十章　　　爭吵不休的庫庫和卡卡　　130

第十一章　　雙頭怪被擒　　　140

尾聲　　　147

偵探課堂　　　150

第一章　機場出現雙頭怪

機場的圍欄外，一片漆黑，機場裏映射過去的燈光完全被高高的草叢所淹沒，風有些大，草叢起伏着，一些草尖將燈光反射回來。這是蘇格蘭愛丁堡機場一個極為普通的夜晚。

喬納森有些無所事事地靠在椅子上，他的眼睛一直盯着眼前的熒幕，他是愛丁堡機場的警衛隊長，負責機場的警戒。今晚喬納森值班，機場的圍欄每隔不遠就有一個攝像頭，將圍欄那裏的情況直接傳到監控熒幕上，喬納森的工作就是在監控室看熒幕。工作這麼多年了，除了一些兔子、狐狸、刺蝟這樣的小動物鑽進拉着高壓電網的圍欄，沒有出現過任何異常。

愛丁堡機場有兩條頂端相連的交叉跑道，此時，機場左側跑道已經關閉了，西側跑道還有幾個夜間航班，過兩個小時也將關閉。機場監控室就在面對左側跑道的一幢小樓的三層，這個監控室很大，裏面還有幾個一起值班的警

衞。

「內德，我去透透氣。」喬納森覺得房間裏的空氣有些悶，他和手下打了一個招呼，隨後推開監控室的門，來到外面的大陽台上。

外面的空氣很好，喬納森做了個深呼吸。忽然，他看到三百米外的圍欄那裏，有個人影在走動，喬納森立即緊張起來，因為身為警衞隊長，他知道在這個時間段，那裏是不應該有人出現的。

那個人影正在向停機坪上停着的一架飛機走去，喬納森看不太清那個人的樣子，他急忙跑回到監控室，他來到監控台，操縱攝像頭對準那個人的位置，喬納森這樣緊張的舉動把內德嚇了一跳。

喬納森將攝像鏡頭拉近，但是一個奇怪的事情出現了，那個人不在監控區域，喬納森連忙推遠鏡頭，還是沒有找到那個人。喬納森連忙看看其他的攝像畫面，都沒有那個人的身影。

「奇怪。」喬納森說着抓起一架望遠鏡，再次來到陽台外。

那個人依舊向飛機走去，他的速度不算快，喬納森想

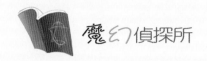

剛才他肯定是躲到什麼地方了，望遠鏡中那個人的身影被放大了，不過由於燈光較暗，喬納森還是看不清那個人的面貌，只是覺得那個人有點奇怪。

「查理、克萊德，你們拿上武器，到一樓集合。」喬納森又跑回到監控室，他拿起了對講機和樓下的警衛值班室通話，隨後，他看看另外幾個警衛說道，「C5區域有異常，有人出現，我去看一下。」

喬納森說完下了樓，進行監控的內德馬上盯着監控C5地區的攝像畫面，他很詫異，因為那片區域以及鄰近區域應該是沒有人會出現的。

喬納森來到樓下，警衛查理和克萊德手持步槍，已經等在門口了。

「跟我來，C5區域異常。」

喬納森帶着兩個手下向前跑去，他們這裏距離C5區域不遠，機場的跑道區域很開闊，剛跑了一百多米，他們就清楚地看到有個人——身材非常高大，此人正快步走着。

「嗨，站住——」跑在最前面的喬納森喊道，「站住——」

那人似乎什麼都沒聽見，繼續向停機坪上的一架飛機

走去，喬納森又喊了兩句，他們三人此時處於那個人的側面。

「站住，不准動——」查理飛快地衝了上去，他舉着槍，「你站……」

查理自己突然站住不動了，因為那人聽到了查理的喊話，在距離查理三四十米的地方停下，然後轉過身來，查理看到他的面容後被嚇呆了。那人四肢正常，但有兩個頭，頭頂比較尖，身上穿着一件長長的袍子，這個雙頭怪物的四隻眼又圓又大，此時惡狠狠地盯着查理。

隨後趕到的喬納森和克萊德也愣住了，他們從來沒有見過這樣令人恐懼的面容。那怪物的鼻孔裏噴出了一股白色的霧氣，他仍舊直直地盯着三個人。

「你……你是誰……」喬納森驚恐地問，「你要幹什麼……」

查理和克萊德已經用槍對準了怪物，那怪物開始走向他們，他的身材異常高大，非常壯實。

「你站着別動，不要過來！」查理嚇得後退兩步，隨即站定，「不要動——」

怪物根本就不理會查理，繼續向三人走來。

「內德，馬上叫人支援。」喬納森連忙拿起對講機，「C5區域，你看到了吧，我們遇到一個怪物……」

「我看到你們了，但是沒看到別人，為什麼要支援？」對講機裏傳來內德急促的話語，「我只看到你、查理和克萊德，什麼都……」

「啪——」的一聲槍響，劃破了寧靜的夜，那怪物越走越近，查理對着他的腿開了一槍。

子彈穿過了怪物的腿，他沒有倒下，不過似乎感到了什麼，他俯下身看看自己的腿，隨後抬起身子，他的兩個頭互相看了看。

「殺——」怪物的兩個頭一同轉向查理，並同時發出吼聲，那聲音差點將三人震倒，他衝着查理就衝了過去，拳頭掄了起來。

「啊——」查理慘叫一聲，他被怪物的拳頭擊中，當即飛出二十多米，倒在地上，一動不動。

「啪——啪——啪——」克萊德連續射擊，子彈全都打在怪物身上。

怪物中彈後，摸了摸中彈部位，隨即向着克萊德衝去。喬納森大喊快跑，就和克萊德一左一右地逃命，怪物

幾個跨步就追上了克萊德，他飛起一腳，克萊德慘叫一聲，他被踢起來足有十幾米高，隨後他重重地落在地上，毫無聲息了。

「……C5區有個怪物——」喬納森大聲喊着，拚命向回跑去。

怪物踢飛克萊德後，站在了原地，這時，接到通知的八九個警衛們一起衝了出來，他們都端着槍，其中有幾個人拿着強光手電筒，對着怪物亂照。

「怪物——怪物——」喬納森跑到大家的隊伍裏，他驚恐未定，指着身後不到一百米的怪物，「雙頭怪物，不怕子彈，克萊德和查理死了……」

「啪——」的一聲，沒等喬納森説完，一個警衛舉槍射擊，另外一個警衛跟着開了一槍。

「沒有打中吧？」開槍的警衛看到怪物沒有絲毫反應，連忙説，「給我照亮。」

怪物又中了兩槍，他非常氣憤，開始向警衛們這邊走來，這時，幾束強光手電筒射了過來，強光全都聚集在了怪物的臉上，大家看清了他的樣子，而已經向這邊衝殺過來的怪物一手捂着一張臉，一副難受的樣子。

　　「啪——啪——」槍聲響起，怪物又中了兩槍，這似乎沒有給他造成傷害，只是兩隻手各捂着一張臉。

　　喬納森看到怪物沒有再走過來，認為攻擊見效，他揮着手臂，大聲叫喊。

　　「射擊——射擊——」

　　警衛們連續射擊，怪物突然大叫一聲，他閉着雙眼，大踏步地向這邊走了兩步，手臂揮舞起來。那些警衛們嚇得連連後退。

　　「呀——呀——」的機械聲傳來，兩束探照燈光直接射向怪物，怪物暫時被兩束光鎖定，全身都是白光，猶如站在舞台中央。探照燈光是從三樓的樓頂射下來的，因為是夜間處理侵入機場事件，兩名警衛按照操作流程，來到三樓樓頂，用探照燈給同事們照亮。

　　雙頭怪用手遮擋着強光，隨即背轉過身，向機場外跑去。探照燈的光束跟了過去，緊緊地鎖定了怪物。

　　「追——追——」喬納森看到怪物逃跑，大聲指揮着。

　　警衛們追了過去，邊跑邊射擊，無數子彈穿過了雙頭怪的身體，雙頭怪跑到圍欄前，他突然加速助跑，隨即縱

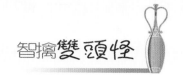

身一躍,從三米高的圍欄上跨了過去。

　　警衛們都驚呆了,那怪物居然能跳這麼高。怪物跨過圍欄後穩穩落地,大踏步地向前奔逃,探照燈的光跟不上了,警衛們衝到圍欄的時候,怪物早就消失在了無盡的夜色之中。

第二章　伏擊戰

「這就是他逃走的地方。」一天後的下午，喬納森指着圍欄的鐵絲網，對身邊的博士說，「他跳出圍欄後，很快就不見了，探照燈跟不上他，我們也沒法出去追擊。」

博士點點頭，他向圍欄外張望着，圍欄外是一望無際的草場，那些草幾乎有半人高，再往遠處，是一片小樹林。本傑明、海倫和保羅，此時也站在博士身邊，向遠處眺望着。

博士這天上午接到倫敦魔法師聯合會的通知，說是蘇格蘭愛丁堡市的機場被一個雙頭怪襲擊，兩名警衛身亡，當地魔法師初步勘查了現場，確認是魔怪作案無疑。因為是魔怪，在攝像系統中不會成像，所以他輕鬆地進入了機場。這是一起極為惡劣的魔怪襲擊案，而且威脅的還是機場的安全。蘇格蘭警方和當地魔法師聯合會立即想到了博士，博士深感問題的嚴重性，他帶着三個小助手，急忙乘

飛機趕到愛丁堡。

「槍彈對魔怪起不到什麼作用，喬納森先生，那麼你認為是燈光起了作用？」博士看看身邊的喬納森問道。

「槍彈確實沒有作用，否則他早被擊倒了。」喬納森說，「手電筒光射在他臉上後，他連忙捂着臉，但是還想攻擊我們，但探照燈的光射在他身上後，他就受不了了，然後就跑了。探照燈的光比最強力的手電筒光還強幾百倍，我想昨晚要不是探照燈照射，他就衝過來了，後果不敢想像。」

「很多魔怪因為長期生活在幽暗的環境中，確實對光比較敏感，懼怕光源。」博士說着，看看幾個小助手。

「他在哪裏呢？」海倫望着遠處，「不會一直藏在機場附近吧？否則早就襲擊人類了，也許是一個過路的魔怪。」

「根據我最新的統計，這傢伙是常駐的魔怪。」保羅搖着尾巴說，「概率在65%以上，我可是有根據的。」

「什麼根據？」本傑明連忙問。

「我查了一下資料庫，整個蘇格蘭曾有過多次雙頭怪出現的紀錄，兩百年前愛丁堡地區雙頭怪活動最頻繁。」

保羅説，「那時由於多個雙頭怪在愛丁堡地區作惡，蘇格蘭的魔法師聯合會在這片區域展開過一次大規模圍剿，共擊斃七個雙頭怪。在一個名叫克里夫小鎮附近，他們一次就擊斃了三個雙頭怪，克里夫鎮就在愛丁堡市西北不到五十公里處，我想這次出現的魔怪可能是當時漏網的。」

「保羅説的對。」博士點點頭，他看看身後，兩名遇害警衞倒下的地方已經被警方設立了警戒線，博士又看看喬納森，「這麼説，這條跑道現在被封閉了？」

「是的。」喬納森説，「這裏是案發現場，現在被封閉了，機場啟用了一條備用跑道，不會影響航運。」

正説着，一架大客機轟鳴着飛上了天空，大家都抬頭看了看那架飛機。

「好了，我們現在開始勘查現場。」博士對小助手們説，「大家一定看仔細……」

按照博士的布置，魔法偵探們開始勘查現場，收集線索。在喬納森的指引下，他們仔細查看了和雙頭怪交戰的地方，搜尋着魔怪痕跡。保羅把整個現場掃描了一番，找到了幾根有着強烈魔怪反應的毛髮。

「具體數值我們回去後分析。」博士將那幾根毛髮裝

進一個透明塑膠袋中。

「毛髮上也有火藥反應，」保羅說，「應該是被槍彈擊中後掉落的。」

「嗯。」博士點點頭，「子彈能傷到毛髮，但對他本身沒什麼傷害，開槍射擊確實沒什麼作用。」

勘查很快進行到了尾聲，博士走到圍欄那裏，只見海倫和本傑明各拿一部幽靈雷達，他倆剛剛對圍欄外雙頭怪飛出後的落地處進行了探測。

博士接過雷達，對着對面的草地照射着，沒有發現什麼。此時天色已是黃昏，他們結束了勘查。

魔法偵探們被就近安排在了機場的一個員工休息處住宿，這裏距離喬納森值班的辦公室很近，同樣面對着雙頭怪入侵的跑道。機場方面和警方目前都很緊張，因為不知道雙頭怪來機場的目的，以及是否還會再來，但有博士他們駐守在這裏，大家就放心了。

回到休息的地方，保羅立即對那些毛髮進行了分析，並很快就得到了重要數值，他們完全確定了昨夜的入侵者就是魔怪，魔怪的類型是類人魔怪，而雙頭魔怪正屬於這種類型，同時，他們還測得魔怪的魔法功力並不是特別

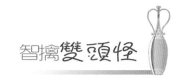

強。

「兩個遇襲身亡的警衛被擊中的部位全都凹陷下去了，骨頭全都碎了。」博士看着警方提供的報告，「這個魔怪的力氣非常大。」

「喬納森說一個警衛被踢起來有十幾米高呢。」本傑明接着說。

「和歷史上這個地區出現的雙頭怪一樣，都有一把蠻力。」博士說，「這個地區『盛產』雙頭怪，魔法師聯合會進行過大規模的圍捕，看來還是有漏網。」

「我們明天幹什麼？」海倫問道。

「去愛丁堡的魔法師聯合會調閱歷代雙頭怪的資料。」博士說，「看看有什麼線索，接着進行實地勘查，了解這附近哪裏適合雙頭怪藏身。」

「我覺得雙頭怪藏身在……」保羅搖晃着腦袋說，「噢，東西南北，好像四面八方都有……」

「他藏在四面八方的概率是百分之百，這是我最新統計的結果，也是最準確的結果。」本傑明笑着對保羅說。

保羅不屑地對本傑明晃晃頭，博士笑了笑，他站起來，走到窗台，望着外面的機場跑道，停運的跑道一片空

曠。

「今晚好好休息，接下來會很忙的。」博士轉身看看幾個小助手，「把幽靈雷達架設好，謹防他再來。」

大家來的時候，多帶了幾台幽靈雷達，本傑明和海倫在喬納森的帶領下，沿機場四周的圍欄架設好了雷達，雷達的監控範圍覆蓋了整個機場，保羅能同步接收這些雷達發出的信號。海倫和本傑明布置好雷達就回到各自的房間休息了，忙了一天，他們都很累了。

蘇格蘭秋天的夜晚有些冷，進入午夜，最後一班航班降落後，機場陷入了一片寂靜之中。保羅獨自在博士房間的客廳，他可不累，不過很無聊。他跳到窗台上，向外看了看，機場跑道空蕩蕩的，在幽暗的燈光照射下，反射回橘紅色的光。顯然，外面更加無聊。

保羅跳下窗台，他打開了電視機，開始翻找動畫片，可是這麼晚了，找一部動畫片可真難。保羅無奈地關上電視，他跳上沙發想休息一會。忽然，他感覺有什麼不對，立即直起身子，隨後，他的臉色一變，飛快地跳下沙發，衝到博士的房間門口。

「博士，快起來，快起來——」保羅邊喊邊敲門，

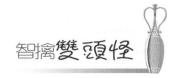
「有魔怪反應，快起來——」

博士衝出了房間。

「跑道對面，距離八百米的地方有強烈的魔怪反應，正在向這邊移動。」保羅立即報告。

「準備戰鬥。」博士說着向外走去。

博士剛走到門外，只見海倫和本傑明從各自房間裏急匆匆地衝出來，他倆的雷達也接收到了安置在機場圍欄處幽靈雷達發出的警報。

「他還是從昨天的原路來了。」保羅看到兩人，急忙說。

「我們走！海倫，打電話通知喬納森他們，不要出來。」博士說着向外衝去。

博士衝出屋外，保羅緊緊地跟在他旁邊，並不時地向他通報魔怪的方位，海倫和本傑明也跟了過來。博士快速衝過機場跑道，向圍欄跑去。

「……12點方向，距離我們六百米。」保羅一邊跑一邊說，「博士，不是一個魔怪……」

「確實不是。」本傑明看看自己的幽靈雷達，「熒幕上有十幾個亮點……」

博士衝到了圍欄前，他揮手讓大家蹲下，然後接過海倫遞上來的幽靈雷達。

「他們好像也不動了。」保羅小聲地說，「這下我們

會很忙的，十幾個雙頭怪，真的很少見。」

「我們飛過去。」博士把雷達還給海倫，同時指指圍欄，「把戰場擺在外面，儘量不要損毀機場設施。」

「好！」本傑明站了起來，「我們本來還想找他們呢，現在他們自己送上門了！」

說着，本傑明念了句口訣，身體騰空而起，飛過了圍欄，落在機場外的草地裏。博士抱着保羅，和海倫一起飛過圍欄，落在本傑明身邊。

「保羅，報告他們的方位。」一落地，博士就說。

「12點方向，距離我們四百五十米。」保羅說，「他們怎麼不動了……啊，開始移動了，正向我們這邊走來……」

「跟我來。」博士揮揮手，俯着身向前跑去。

穿過茂密的草叢，他們向前移動了一百多米，隨後停下，保羅說那羣魔怪迎面走來，速度不快，距離大家還有三百米。

「海倫，你到我左側三十米處隱蔽，本傑明，你到右側三十米處隱蔽。」博士開始布置，「他們不知道我們在這裏，我們打個伏擊戰，保羅開火後我們一起衝出去，把

他們消滅在這裏！」

「好的。」兩個小助手答應一聲，向各自所要隱蔽的地方跑去。

對面方向，魔怪們移動的速度還不是很快，不過距離越來越近了，保羅忽然看看俯身在草叢裏的博士。

「博士，不全都是雙頭怪。」保羅説，「魔怪反應的程度都不一樣，身形也不一樣，好像有動物，啊，是那種有些魔力的動物。」

「嗯。」博士點點頭，「我説呢，要是一下出現十幾個雙頭怪，蘇格蘭的魔法師聯合會真是有重大失誤了，現在看來是雙頭怪找來的幫手，或者本身就是他馴養的動物！」

「是來報仇的。」保羅説，他始終在探測着，「嗯，越來越清晰了，牠們全都直立行走，但是雙頭怪只有一個，其他的有狼形，還有熊形，一共是十六個魔怪。」

「距離多遠？」

「不到兩百米。」保羅説。

「距離七十米的時候，你向他們中間連射三枚導彈。」博士計算了一下，「爆炸間隔時間為三秒，然後跟

我一起衝出去。記住，不要把導彈打光。」

「沒問題。」保羅連忙説，他身上的導彈發射架隨即打開，對準了前方，「你就看我的吧！」

那羣魔怪越走越近了，博士看不到海倫和本傑明的情況，不過知道他倆一定已經隱藏好了。月光之下，保羅後背上發射架裏的追妖導彈的彈頭微微的泛着白光。博士握着拳頭，保羅每隔幾秒鐘，就報告對方的距離。

「……一百米……九十米……八十米……」保羅小聲地唸道，「七十五米……」

「發射！」博士點點頭。

「嗖——嗖——」，博士的話音一落，保羅接連射出三枚追妖導彈，三枚導彈劃着弧線，向七十米外的草場飛去。

「轟——轟——轟——」，三聲巨大的爆炸聲響起，爆炸聲中，夾雜着鬼哭狼嚎，七十米外的草場頓時被爆炸產生的白色霧氣籠罩。

「海倫——本傑明——衝——」博士説着衝向爆炸處，保羅已經收起發射架，跟着衝了過去。

「殺——」本傑明和海倫喊着，從隱身的地方側向迂

回爆炸處。

博士大跨步地衝殺過去，只見眼前的草地上，歪七扭八地躺着一羣魔怪，有狼有熊，一個雙頭怪正從地上慢慢爬起。

「凝固氣流彈——」博士一甩手，一枚凝固氣流彈飛向雙頭怪。

「轟——」的一聲，氣流彈爆炸，剛爬起來的雙頭怪當即被炸翻在地。

「噢——」的一聲怪叫，博士剛想繼續攻擊，側面的草地裏，一隻高大的狼妖冷不防地竄起，當即撲倒博士，那隻狼滿頭是血，兩眼通紅，牠撲倒博士後，張開大嘴就咬向博士的脖子。

博士根本就不躲避，他伸出拳頭，迎面砸去，一拳砸在野狼的牙齒上，那隻狼的牙齒頓時被打掉了幾顆，這次是那隻狼嚎叫着翻倒在地了。

海倫和本傑明從側面衝過來，海倫原本以為沒被炸死的魔怪要逃跑，所以去截牠們的後路，幾個沒被炸死的魔怪確實紛紛爬起，不過牠們沒有逃跑，而是對着海倫和本傑明發起攻擊，現場那些魔怪瘋狂的嚎叫聲響徹一片。

一隻熊妖揮動利爪，劈頭蓋臉地向海倫砸下來，海倫側身閃過，隨後猛擊一掌，打在黑熊的身上，「哞」的一聲，熊妖身上發出骨頭斷裂的聲音，那隻熊妖嚎叫着倒在地上，抽搐起來。

海倫覺得這些魔怪的法力不過如此，這時，另一隻熊妖撲了過來，海倫迎着熊妖劈下來的爪子就是一掌，她猛地一震，感覺整個手掌像是要斷裂了一樣，熊妖同樣倒退兩步，海倫意識到，這些魔怪的魔法水準有不小的差距。

熊妖再次撲來，海倫這次沒有硬碰硬，她假裝出手迎擊，就在手掌剛剛觸碰到熊妖的時候，她的手突然抓住熊妖的手爪，隨後順勢一拉，熊妖當即被拉倒，狠狠地撞到地上，牠慘叫一聲，爬不起來了。

本傑明被兩隻狼妖糾纏住了，他找了個空檔，一腳踢在一個狼妖身上，狼妖橫着飛出去好幾米，另外一個狼妖飛起來三米多高，牠撲向本傑明，本傑明看到距離足夠，一甩手，一枚凝固氣流彈飛出，在空中擊中狼妖的腦袋，狼妖隨後掉在地上，不動了。

博士的目標很明確，他打翻了那隻狼妖後，大跨步地衝向雙頭怪，雙頭怪剛剛爬起來，看見博士衝來，頓時慌

了。

「嗨——」博士一拳打去。

「卡卡，他打你！」雙頭怪左面的頭大喊起來。

「知道，不用你説！」雙頭怪右面的頭回答道，同時他的身子一閃，「庫庫，你也打他——」

雙頭怪的另一隻拳頭掄了起來，狠命地砸向博士，看到雙頭怪的兩個腦袋在對話，博士一愣，正在這時雙頭怪的拳頭打了過來，身材高大的雙頭怪，他的拳頭也很大，和足球差不多。博士剛想躲避，那拳頭又快又狠，正好砸在博士的腰上，博士感到腰都要斷了，他撲倒在地，趔趄着要站起來。

「卡卡，我們踩死他！」雙頭怪左面的頭大喊，「我先來！」

「還是我先來！」雙頭怪右面的頭急着説，這時，雙頭怪的右腳先踩了下去，雙頭怪右面的頭急了，「説了我先來的……」

雙頭怪的右腳高高舉起後踩向博士，這時，一個白色的影子一閃，保羅飛起來咬住雙頭怪的右腳，雙頭怪的右腳一甩，保羅被甩得飛了出去，那隻大腳繼續狠狠地踩

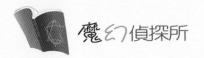

下。

博士感到了頭上的風聲，他就地一滾，「轟——」的一聲，那隻腳踩在博士剛才趴着的地方，地面上頓時出現了一個坑。

「踩死他，踩死他——」雙頭怪的兩個頭一起喊道。

喊聲還未落地，雙頭怪的左腳又抬起來踩了下去，博士這時也不躲避，他一抬手，一股藍色的電光順着他的手指「噼噼啪啪」地飛出，隨即射在雙頭怪的腳上，強大的電流暫時纏繞住雙頭怪的大腳，雙頭怪張開大嘴，痛苦地嚎叫一聲，連忙把腳收了回去，接連退了兩步。

博士一躍而起，他的手一指，又一股藍色閃電飛出，直奔雙頭怪左面的頭部，雙頭怪連忙俯身躲過那股閃電。他剛抬起頭，後面一股閃電跟着襲來，正好命中他右面的頭部。

「啊——」雙頭怪捂着腦袋，蹲在地上。

「轟——」的一聲，一枚凝固氣流彈炸響，雙頭怪的腰部被命中，他倒在地上，凝固氣流彈是本傑明射出的，他剛解決掉兩隻狼妖，急忙來幫博士的忙。

博士撲向倒地的雙頭怪，忽然，他覺得自己的腰被

誰抱住了，一看，是一隻本來倒在地上的熊妖抱着自己的腰，博士揮拳就砸。

「啊──啊──卡卡──庫庫──」熊妖痛得咧着嘴，但就是不鬆手，「快跑──啊──快跑──」

本傑明飛身過去，一腳踢在熊妖身上，這時，海倫也衝過來，猛擊熊妖，熊妖終於鬆了手，但嘴裏還大喊着叫雙頭怪快跑。

那邊，雙頭怪已經搖搖晃晃地爬起來，聽到喊聲，他轉身向西面跑去。

「別讓他跑了。」本傑明第一個衝了上去，「嗨──」

本傑明一聲吶喊，一枚凝固氣流彈飛了出去，雙頭怪此時大踏步地奔逃，「轟」的一聲，氣流彈命中雙頭怪的背部，他被炸得前衝幾步，趴在了地上。

「追──」博士和海倫跟着本傑明，也衝了上去。

「忽──」的一聲，一隻本已倒地的狼妖突然竄起，牠從側面抱住本傑明的腿，張嘴就咬了上去。本傑明痛得大叫一聲，他一拳砸下去，打在狼妖的頭上，狼妖本來還想咬第二口，但被砸得眼冒金星，可是牠仍死死地拖着本傑明，怎麼也不肯鬆手。

「嗨！」海倫揪住狼妖的脖子，一拳砸上去。

「噢——」狼妖被砸得差點暈過去，牠扭了扭頭，不但沒鬆手，還張開大嘴咬向本傑明。

博士上去一腳踢在狼妖的腰部，「哧」的一聲，那隻狼妖終於歪倒在一邊。

「喝急救水。」博士看到了木傑明腿上的傷口，血正在向外湧，連忙提醒道。

第三章　抓到一個狼妖

本傑明咧着嘴，海倫在一邊扶着他，被狼妖咬傷後，不僅僅是疼痛，傷口若不及時處理，還會有生命危險。海倫掏出急救水，往本傑明的傷口處倒了一些，傷口處立即升起一股白煙，本傑明痛得差點暈過去，他咬咬牙，接過海倫給的急救水喝了幾口。

那邊，博士追了上去，他來到剛才凝固氣流彈爆炸的地方，爆炸產生的煙霧已經基本散盡，雙頭怪則不見了蹤影。

「博士，怎麼樣？」海倫跑了過來。

「跑了，給他跑了。」博士說。

「跑了？」海倫說着用幽靈雷達對着雙頭怪消失的方向探測，什麼都沒發現。

「本傑明怎麼樣了？」博士問。

「喝了急救水，沒什麼問題。」

「嗯。」博士點點頭，「保羅呢？老伙計——老伙

計——」

博士大喊起來，他邊喊邊往回走，本傑明還站在那裏，地上歪七扭八地躺着十幾個魔怪，有的一動不動，有的還在微微抽搐。

「老伙計——」博士焦急地喊着。

「博士——我在這裏——」不遠處的草地裏，有什麼東西在晃動，保羅的聲音從那裏傳來，「我有兩條腿的線路斷了——」

海倫衝過去，把保羅抱了過來。保羅沒什麼事，他剛才被甩得很高，落地後震斷了兩條腿的線路，回去後重新接上就好了。

本傑明的腿已經不那麼痛了，傷口處理及時，他現在只是走路有些一瘸一拐的，不是很方便。聽說雙頭怪跑了，他非常懊惱。

海倫查看着那些魔怪，大部分魔怪已經死了，有的是被導彈炸死的，有的則是在剛才的交手中被擊斃的，剩下的幾個呼吸微弱，觸碰大都沒什麼反應。

「博士——」海倫蹲在一個狼妖的身邊，向博士和本傑明招手，「這隻還活着——」

說着，海倫站起來用腳踢踢那頭狼妖，狼妖晃晃身子，還想用牙咬海倫，海倫一躲，隨即一腳踢在狼妖身上，狼妖立即哀嚎一聲。

「別給踢死了。」本傑明一瘸一拐地走過來，「留着還有用呢！」

「都半死了，還敢咬我呢。」海倫生氣地說。

博士走過來，他彎下腰，看了看狼妖，牠被海倫踢得不輕，倒在地上，大口地喘氣。

「你們是從哪裏來的？」博士看着狼妖，問道。

狼妖的呼吸慢慢地平緩，牠蜷蜷身子，把眼睛閉了起來。

「問你話呢！」海倫說着又是一腳，不過這次不是很重。

　　狼妖又嚎叫一聲，牠睜開眼睛瞪着海倫，海倫做出踢牠的動作，狼妖連忙努力地轉着身子，躲避着。

　　「快説，你們是從哪裏來的？」海倫大聲喝問。

　　「説呀！」本傑明跟着説。

　　狼妖就是不説話，牠盯着海倫的腳，怕她冉踢目己。

　　「我——」海倫恨恨地抬起腿，那隻狼妖連忙在地上蹭着身子躲避。

　　「海倫，」博士拉住了海倫，「給魔法師聯合會打電話吧，叫他們派車來把這些傢伙拉走。」

　　海倫無奈地掏出電話，給魔法師聯合會打電話通報情況。博士看着地面上的魔怪，他數了數，地上躺着十五個魔怪，加上逃走的雙頭怪，一共十六個。他判斷這些魔怪都是雙頭怪找來的幫手，而且從剛才拚死掩護雙頭怪逃跑的舉動看，牠們很忠於雙頭怪，既使抓到一個活口也問不出什麼結果來。

　　「聯合會的車過一會就到。」海倫收起電話，走到博士身邊。

　　十多分鐘後，蘇格蘭魔法師聯合會派來了十幾輛車，同車而來的還有二十幾個魔法師。現場的十五個魔怪除了

一隻狼妖外，全部被擊斃了。博士和魔法師們進行了交接，死亡的魔怪被魔法師們運走處理，被抓的狼妖也被魔法師們帶走看押。

海倫已經給喬納森打了電話，說明了情況。喬納森帶着十幾個機場警衞趕到現場，看着那些被抬上車的魔怪，他們感到非常驚恐。

雙頭怪跑了，危機並未被解除，誰也沒想到雙頭怪居然找來這麼多幫手，誰也不知道他還會不會再去找幫手來襲擊機場。蘇格蘭魔法師聯合會因此向機場派出了十名魔法師，協助博士查找雙頭怪並對機場進行保護。

幾個魔法師把被俘的狼妖綑綁起來，抬上一輛車，離開了現場。博士他們和喬納森等警衞，以及留下防守機場的魔法師沿着機場圍欄走着，邊走邊向那些魔法師布置機場的防禦。從剛才的交戰情況看，包括雙頭怪在內的魔怪們的法力都不算高，大部分狼妖和熊妖的法力甚至可以說極低，這方面倒不是很讓人擔憂，但他們在暗處，不知道什麼時候又來搞偷襲，所以必要的防範還是不可少的。

博士穩妥地進行防範布置，回到房間的時候，已經很晚了。他們經過一場大戰，都很疲累，但是誰都不肯去

睡，就是躺下也睡不着。

「蘇格蘭魔法師聯合會就設在愛丁堡！」本傑明一直強調一個問題，「如今眼皮底下出了這麼多的魔怪，他們平常是怎麼工作的……」

「你也不要一直抱怨！」海倫靠在沙發上，「那些魔怪從哪裏來的，現在還不清楚呢。」

「昨晚雙頭怪被打跑，噢，或者说懼怕光，被光嚇跑，今晚就來搞襲擊了。」本傑明不屑地说，「能從遠地方來嗎？一定就在附近！」

「應該是在附近。」博士點點頭。

「看看，我説的對吧。」本傑明有些得意地説。

「但是不能因此就責怪蘇格蘭魔法師聯合會。」博士接着説，「要是這些魔怪隱藏着一直不出來，聯合會當然不知道有這樣一伙魔怪，事實上我查過這片區域的雙頭怪紀錄，這次事件可是兩百年前大搜捕後該地區的雙頭怪第一次出現，其他魔怪也零星出現過，不過全被擒獲了。」

「那……」本傑明想了想，「怎麼可能呢？魔怪要維持自己的魔力，就要吸血害人，一個兩個的出來害人可能沒被發現，但十幾個魔怪呀，可能更多……」

「老伙計，樣本分析完了嗎？」博士沒有直接回答本傑明的問題，而是看看保羅，他剛才把保羅的線路接上了。

「基本上好了。」保羅說，還是在剛才的交戰現場，保羅就開始分析被擊斃的魔怪的血樣了，「十五個魔怪都沒有發現人血成分，編號7和編號11的魔怪魔力達到了中下級，其餘魔怪全部是初級水準。」

「這就是答案呀。」博士看看本傑明，「保羅提供的資料說明這些魔怪剛剛具有魔性，最長的也就幾十年，應該是還沒有害過人呢。」

「那雙頭怪呢？」本傑明還是很懷疑，「他可是有一定魔力的。」

「如果雙頭怪一直隱藏着魔力，靠吃動物也能生存下來。」博士說，「要是大搜捕時他受到驚嚇，因此一直躲藏着也很正常。」

「這……倒也是。」本傑明點點頭，「他們都沒出來作案，所以魔法師聯合會就不知道有這樣一羣魔怪存在。」

「對。」博士點點頭，「我覺得這羣魔怪就是雙頭怪

馴養的，根據魔怪的共同規律，本來想練成一定魔性後再出來作怪，但他們的頭目雙頭怪被槍射擊，又遭到強光的照射，所以牠們才來報仇。你們知道，長期隱蔽在幽暗環境中的魔怪懼怕光源，但剛剛有些魔性的魔怪則對光源沒那麼大反應，所以這些傢伙才一起出動。」

「一定是這樣的。」海倫用力點點頭。

「這些傢伙的主人，就是那個雙頭怪。」博士説，「典型的蘇格蘭種雙頭怪，兩個頭，一個身子。兩個頭都有思維能力，還都有名字。交手時我聽到兩個頭的對話了，一個叫卡卡，一個叫庫庫。」

「我知道，書上説蘇格蘭種雙頭怪的特徵就是左面的頭控制右面的手腳，右面的頭控制左面的手腳，這叫交叉控制。」

「海倫真是活的教科書呀，」保羅稱讚起來，「我還要調閱資料才能查到呢。」

「謝謝。」海倫有些得意。

「左面的頭控制右面，右面的頭控制左面。」本傑明有些不服氣地看着海倫，「你記清楚了嗎？這樣太複雜了。」

「是這樣的。」博士說，「長期這樣，早就形成高度的協調性了。」

「聽見了吧？」海倫看看本傑明，「你這牛津的學生記不住，不代表劍橋的也記不住呀。」

「我……」本傑明頓時急了，「記住這些就了不起了？我們牛津的注重實踐，只有劍橋的才會死記硬背……」

「停！停！停！」博士大叫起來，這兩個小助手什麼都好，就是總是不分場合，隨時隨地就能展開名校之爭。

保羅看兩人又展開名校之爭，已經趴在地上，皺着眉頭捂起了耳朵。海倫和本傑明看到博士大聲喊停，都意識到在討論案情的時候爭吵不太合適，全都閉上了嘴，不過

二人都氣鼓鼓的，誰都不服氣誰。

「不吵了？」博士看到兩人都不說話了，也鬆了口氣，「等到抓住雙頭怪，我給你們辦一場辯論賽。現在我們言歸正傳，剛才我們說到……」

「雙頭怪的特徵。」海倫接過話。

「對，是雙頭怪的特徵。」博士點點頭，「通過這些特徵，我們能得到一個結論，就是這個雙頭怪，還有那些狼妖和熊妖，都是蘇格蘭本地的，不是過路的，具體點說，就是愛丁堡地區的。」

「你是說那些被擊斃的幫手都是雙頭怪在本地收羅來的？」本傑明問。

「應該是。」博士點點頭，「身邊的動物，被他抓到沒有吃掉，而是馴養起來，漸漸地也有了魔性，比單純的猛獸更加兇悍了。」

「不過還是全給我們擊斃了，」海倫說，「可惜雙頭怪跑了。」

「還有一個活着呢。」保羅說道，「我那三枚導彈射出去，起碼當場就炸死七八個。」

「那隻活着的狼妖，如果能問出什麼信息就好了。」

本傑明望着博士，「好像那隻狼妖很頑固呢。」

「如果是從小就被養大的狼妖，能問出話來的可能性極小。」博士歎了一口氣，「這樣的情況我們以前碰到過，基本上有價值的信息都得不到，因為這些傢伙很忠於主人。」

「那怎麼辦？」海倫有點急了，「好不容易才抓到一個活的。」

「不要着急。」博士說道，「很晚了，我們都去休息，一切等明天再說……本傑明，你明天不用着急起來，你的傷好些了嗎？」

「我沒事了。」本傑明說，「本來就是皮外傷，而且還在第一時間救治了，現在一點也不痛了。」

第四章　欲擒故縱

第二天，大家起來得都比較晚，本傑明覺得自己完全好了，他可不肯一直躺在牀上。他一直想着兩個問題，第一，今晚雙頭怪是不是還要來襲擊；第二，怎麼才能找到這個傢伙。

快吃午飯的時候，博士接到蘇格蘭魔法師聯合會打來的電話，説了一會，他收起電話。

「狼妖什麼都不肯説。」博士看看幾個小助手，「聯合會的魔法師還在問話，狼妖非常暴躁，還想咬人。哼，不出所料呀！」

「真是頑固！」海倫皺起了眉頭，「牠還想咬人？昨晚看牠奄奄一息的樣子……」

「聯合會的魔法師説牠受到爆炸震動衝擊，短時間表現會是那樣，一旦過了這個階段，就基本恢復了。」博士解釋道，「現在牠厲害得很呢，要不是被綑着，真要去咬人了。」

「這個傢伙，真該被當場炸死。」本傑明恨恨地說。

「不能死呀，」博士突然一笑，「還要牠發揮作用呢。」

「嗯？」海倫聽到博士的話，頓時解開了緊鎖的眉頭，「博士，你的意思是？」

「我們把牠放了。」博士笑着回答。

「放了？好不容易抓到的！」本傑明當即叫了起來，忽然，他抓抓自己的頭髮，眼睛亮了，「博士，你又有什麼辦法了吧？」

「你們看，這是愛丁堡市及周邊區域的地圖。」博士沒有直接回答本傑明的話，而是打開一張當地地圖，「愛丁堡北面是一個大海灣，雙頭怪藏在這裏的可能性不大，而西、東、南三面有森林有丘陵，面積廣袤，地廣人稀，雙頭怪藏身於此的可能性就比較大，如果展開大規模的搜索，難度不小。因此，我想到了一個辦法……」

「我知道了，」海倫笑了笑，「我們把狼妖放了，暗中跟着牠。」

「完全正確。」博士用讚許的目光看看海倫，「狼妖頑固地維護牠的主人，我們如果放牠回去，牠一定會去找

尋自己的主人。根據牠的傷情判斷，牠是被導彈震暈的，當時應該不知道雙頭怪逃脫了，不過聯合會的魔法師一直追問牠主人的下落和牠們藏身的地方，牠應該猜到雙頭怪已經跑了。」

「由牠來領路，我們就能找到雙頭怪了。」本傑明非常開心，「那現在就把牠放了。」

「沒有那麼簡單，要把戲做足，不能叫牠看出來我們是故意放走牠的，跟蹤時也要特別小心。」博士説，「今天不行，我還要和魔法師聯合會那邊具體商量一下。」

「今晚雙頭怪也許還會再來呢，」保羅突然想到什麼，「那樣我們直接就把牠抓住。」

説着，保羅晃了晃後背，意思是自己準備好了，海倫已經給他重新裝滿了追妖導彈。

博士下午去了魔法師聯合會，海倫、本傑明和保羅留守在機場，懼怕強光照射的雙頭怪白天應該不會出來，但為了以防萬一，海倫他們還是留下來了。

晚飯前，博士回來了，他已經和聯合會的魔法師商量好了辦法。天一黑，本傑明就坐到窗戶後，他的幽靈雷達對着窗外，那個方向正是雙頭怪兩次前來的方向。機場的

四周，十名魔法師也靜靜守候在各自位置上。

　　本傑明一直守候到晚上十一點，隨着深夜的到來，飛機起降轟鳴聲也變得越來越稀疏了，又過了一會，最後一架航班離港，整個愛丁堡機場靜了下來。本傑明面對的跑道空空蕩蕩，兩排直直的航燈發散着橘紅色的光，在暗夜中非常突出。機場跑道的北面，就是機場的圍欄，一切都是那麼寂靜，本傑明覺得雙頭怪不會再來了，他也沒了精神，便去睡覺了。

　　午夜，只有保羅還趴在那裏，他的魔怪預警系統接收着設置在機場四周所有的幽靈雷達所發出的信號，一直到早上，一切都很正常。

　　愛丁堡北郊的蘇格蘭魔法師聯合會，坐落在一所獨立的建築裏，在這所建築的地下室的一個房間裏，有兩個魔法師，他倆都無精打采地坐在沙發上。在房間的一角，有一個高大的鐵籠子，籠子的每根鐵柱足有人的手臂粗，被活捉的狼妖就在裏面，此時狼妖靜靜地趴着，兩眼射出陰森的光。

　　「大衞，幾點了？」一個魔法師問。

　　「快十一半點了。」叫大衞的魔法師説，「湯瑪斯，

你好一點了嗎？」

「我覺得……」湯瑪斯説，他和大衛負責看押狼妖，早上一來他就説自己有些頭暈，「好像好一些了，沒關係，一點小感冒而已。」

「你要是不舒服就回家休息，」大衛説，「我去找人來接替你……」

「不用。」湯瑪斯連忙擺擺手，「大家都很忙，再説十二點就交接班了，我再堅持一會，沒事的。」

「真的沒事？」大衛關切地問。

「沒事。」湯瑪斯説，「我可是魔法師，這點小病當然沒事。」

「魔法師也是人呀，也會得病，得了病一樣要休養治療。」大衛説，「我下班後你還是去醫院檢查一下，最近你好像一直感冒。」

「我知道了。」湯瑪斯點點頭。

「十一點半了。」大衛説着站了起來，他望向籠子，「該給這傢伙餵飯了，我來吧，你休息……」

「問了兩天了，什麼都不説。」湯瑪斯也站了起來，「還要給牠餵飯……」

　　湯瑪斯不滿地抱怨着，忽然，他身子一歪，大衞連忙上前扶住他。

　　「我沒事，我沒事。」湯瑪斯連忙說。

　　「你真的沒事？」大衞不放心地問，「我一個人就可以了，你坐下休息吧。」

　　「沒事。」湯瑪斯說，「這傢伙飯量大，我們一起來餵牠，我也正好活動活動身子。」

　　大衞沒再說什麼，他倆一起來到一台冰箱旁，從裏面拿出十幾公斤的肉和骨頭，然後走到籠子旁，狼妖看到肉，早就站了起來，牠張着大嘴，在籠子裏來回地走着，一副急不可待的樣子。

　　大衞抓起一大塊肉，從籠子鐵柱的縫隙塞進去，狼妖立即撲上去，大口地吃了起來，牠幾口就吞下了那塊肉。湯瑪斯也往裏面塞了塊帶骨頭的肉，狼妖連忙趴下，大口地嚼起來。

　　「真能吃！」大衞沒好氣地說，「喂，不要光顧着吃，雙頭怪藏在哪裏？」

　　狼妖根本就不理他，繼續吃着，很快，牠就把骨頭上的肉吃乾淨了。

　　「我還要吃，」狼妖看兩人沒有塞肉進來，晃着腦袋說，「快點……」

　　「哈，我們好像欠你的一樣。」大衛瞪着狼妖。

　　「別和牠囉嗦了。」湯瑪斯說着拿出一根很大的骨頭，「主任說千萬不能餓死牠，我們盡到責任就行了，和這種魔怪講什麼道理呀……」

　　說着，湯瑪斯把那根大骨頭往籠子裏塞，但骨頭太大了，根本塞不進去，湯瑪斯換了個方向，還是塞不進去。

　　「快點呀，我餓了！」狼妖在籠子裏急得用嘴去咬那根骨頭，但是都咬在了鐵柱上。

　　「塞不進去，我把籠子打開。」大衛說着掏出了籠子鑰匙，他看看湯瑪斯，「塞進去後快點關上籠子，你盯着牠。」

　　湯瑪斯點點頭，大衛用鑰匙打開了籠子門，湯瑪斯要把骨頭往籠子裏扔，忽然，湯瑪斯扶住了籠子，骨頭掉在了地上。

　　「我的頭……」湯瑪斯捂着頭，話音未落，他栽倒在地。

　　「湯瑪斯，」大衛頓時急了，他連忙俯下身去拉湯瑪

斯，「你怎麼了⋯⋯」

籠子門是開着的，驚慌的大衛在救助湯瑪斯，根本就沒有顧及到裏面還有隻狼妖。狼妖看到這一切，眼睛突然一亮，牠慢慢走到籠門，似乎猶豫了一下，不過牠隨即用力撞開籠門，跳了出來，牠跳出來的時候，大衛剛剛扶起湯瑪斯，都沒有注意到狼妖已經跑出來了。

狼妖迅速向房門跑去，牠一把拉開房門，來到房間外，房間外是一條空無一人的走廊，走廊的盡頭有個向上的樓梯，狼妖飛奔過去，沿着樓梯向上爬，牠很快就爬到了一樓，在那裏牠看到有一條走廊直通大廳，牠跑向大廳，大廳裏，有一個女魔法師正向外走，狼妖越過她奔出門外。

「啊——」女魔法師的叫聲傳來。

狼妖自由了，牠一個助跑後高高躍起，跨過圍牆，落在了圍牆外。不遠處，是一片樹林，狼妖飛速向樹林跑去，身體隨即隱沒在裏面。

魔法師聯合會的地下室裏，湯瑪斯已經醒過來了。

「我演得還不錯吧？」湯瑪斯笑着看看手持對講機的大衛，「以後能去好萊塢發展了吧？」

　　大衞收起對講機，他已經通知在外面守候已久的博士
——狼妖按計劃被放走了。

　　「不好，太業餘了。」大衞搖着頭，「倒下去的時候
太做作，一點也不逼真，先前裝病還可以。」

　　「哇，你還質疑我的演技，你演得也不好⋯⋯」

　　博士上午十點多就守候在魔法師聯合會旁邊的一所
小房子裏，保羅的魔怪預警系統以及本傑明和海倫的幽靈
雷達都對準了聯合會的地下室，鎖定了狼妖。按照計劃，
狼妖在十一點半左右跑了出來，接着，博士手中的對講機
響起大衞的呼叫。博士事先觀察過魔法師聯合會周邊的環
境，這裏只有北面的樹林隱蔽性好，狼妖一出來果然鑽進
了樹林，博士他們緊緊地跟上了牠。

　　狼妖在樹林中狂奔了有一千多米，
慢慢地停了下來，牠向身後望了
望，確認沒有魔法師跟上來，隨
後低頭在地上嗅起來。牠當
然看不見身後有人跟蹤，
博士他們和牠保持着
四百多米的距離。

　　狼妖在地面上聞了一會後，抬起頭，在空氣中聞起來，隨後牠低着頭，慢慢地向西跑去。

　　「果然向西了。」本傑明看着自己的雷達，「雙頭怪那次逃跑，也是向西跑的。」

　　「那邊是丘陵地帶，還有成片的森林。」海倫也盯着自己的雷達，「這次他跑不了了。」

　　「我們跟上，」博士揮揮手，他看看保羅，「老伙計，你控制距離，絕對不能靠得太近，最少也要保持三百米以上距離。」

　　「放心吧，」保羅搖搖尾巴，「我能掌握好。」

　　保羅慢跑，跑在第一位，大家都跟着他。跑了有一個小時，他們出了森林，前面是一片很大的草場，狼妖進入草場後加快了速度，大家也相應加快了速度。

　　穿過草場，前面是一片片連綿起伏的小山丘，山丘之上，森林也連成了片。狼妖一直向西，牠上了一座小山，博士他們也跟上去，並儘量利用樹木的掩護。狼妖上了山之後走走停停，似乎一直在觀察着身後的情況。

　　追蹤從中午一直持續到下午三點多，保羅算了一下距離，他們已經離開愛丁堡市有近三十公里了，這一路幾乎

沒有遇到任何居民點，這種地形很利於雙頭怪和他馴養的魔怪藏身。

「這傢伙，要跑到哪裏去呀？」本傑明有些累了，他抱怨起來。

「給你喝點水。」海倫遞給他一瓶水，又關心地問道，「你還好吧？」

「沒事，」本傑明説，「就是有點累。」

「從距離上看，差不多了。」博士説道，他看看四周，「這片區域適合魔怪藏身，我看這裏幾十年都沒人來過。」

狼妖又翻過一座小山，這座山比周圍的山都高，博士他們跟在狼妖後面，到達了這座山的山腳下，忽然，保羅通過魔怪預警系統發現，狼妖又不動了。

「牠到了山頂，」保羅説道，「停下來了。」

「可能是要休息吧。」本傑明坐在地上，「我也休息一下，累死我了。」

「我也有點累了。」海倫説，「這傢伙體力可真好，一路幾乎沒休息。」

「急着見到雙頭怪呢！」保羅説，「哈，這下牠真的

休息了，一直沒有動。」

　　「那我們也休息會吧……」博士說着找了塊石頭，坐了下來。

　　「噢——噢——嗚——嗚——噢——」，博士剛剛坐下，一陣狼的嚎叫聲傳來，那聲音非常淒厲，一陣接着一陣。

　　「怎麼回事？」博士警覺地站了起來。

　　「嗖——」的一聲，保羅後背上的追妖導彈發射架不知什麼時候彈出，裏面接連射出兩枚導彈，兩枚導彈一前一後急速向山頂上飛去。

第五章　劃區搜索

「保羅？」本傑明跳了起來，「你發射導彈？」

「轟——轟——」，幾秒鐘後，山頂上接連發出兩聲爆炸聲。此時的保羅在大家吃驚的目光中，已經飛奔上山，博士知道出了狀況，連忙跟上。

保羅飛快地跑到山上，山頂之上，幾棵樹已經被炸斷，一棵樹下，被炸死的狼妖躺在那裏。

「這……」海倫跑了上來，看到這一幕，驚呆了，「保羅，你把牠給炸死了！」

「牠在發信號。」保羅冷冷地說，「我來不及向你們報告，要是等向你們報告完，雙頭怪就接收到信號了！」

「發信號？」博士問道，「剛才的嚎叫是在發信號？」

「對，這種信號雙頭怪應該能聽得懂。我的分析系統剛才對狼妖的嚎叫進行了同步破譯。」保羅說，「我把破譯內容的錄音給你們播放出來。」

說着，保羅先是晃晃身子，隨後身體站直不動，一把聲音從他的後背傳了出來。

「魔法師故意放了我，利用我找你，千萬不要出來，快點逃吧，魔法師肯定跟着我呢……轟——」

包括博士在內，大家都大吃一驚，沒想到狼妖知道自己被跟蹤了。

「狼妖如果連續發出這樣的信號，雙頭怪要是真在這附近，遲早會聽到，我擔心雙頭怪已經聽到了呢，因此來不及報告，只能先用導彈攻擊牠了。」保羅說。

「老伙計，你做的對。」博士贊許道，「你有緊急事務的處理權，這次做得完全正確，如果雙頭怪聽到了呼叫，對我們破案很不利呀。」

「保羅說了，也許牠聽到了呢。」本傑明不放心地說。

「應該還沒有聽到，」博士說，「如果雙頭怪聽到，就會有回應。他還不知道狼妖被炸死了，他能聽到轟的爆炸聲，但判斷不出發生了什麼事，所以真要是聽到，會馬上發出回應的詢問聲。你們也知道，大多數魔怪都有這種遙距傳聲的功能，而現在我們沒聽到任何回應聲。」

「蘇格蘭種雙頭怪具備這種功能，」海倫補充道，
「《不列顛魔怪大全》第三章第五節中有詳細紀錄。」

博士說：「我感到奇怪的
是，狼妖怎麼會知道我們在利用
牠呢？究竟是哪裏出了問題？」

不列顛魔怪大全

「我們也和牠保持有三百多
米的距離，」保羅連忙說，「我們
這邊應該沒有問題。」

「還用問嗎？一定是魔法師聯合會
那邊出了問題。」本傑明說，「狼妖發出的信號第一句就
是『魔法師故意放了我』，牠一開始就知道是被故意放走
的，而且牠特別強調我們肯定跟着牠，其實牠也不是完全
確定，只是推斷，所以說我們這邊沒問題。」

「有道理。」海倫點點頭，「估計是魔法師聯合會的
人演技不好，被狡猾的狼妖看出來了，他們畢竟只是魔法
師，不是演員。」

「放走狼妖的橋段是他們設計的，我覺得可行。」博
士皺着眉頭，「也許……那邊真的出了紕漏，狼妖很狡猾
呀。」

説着博士走到狼妖的屍體旁，看着被炸死的狼妖，面色很凝重。

「一條很重要的線索斷了，」本傑明過來説道，「接下來我們該怎麼辦？」

「回去吧！」博士説，「還要向魔法師聯合會通報一下……保羅，我們這裏具體的位置是……」

「巴斯蓋特鎮北四公里，距離愛丁堡市二十五公里。」保羅立即説，「在愛丁堡的正西方向。」

此時已近傍晚，博士帶着小助手們來到南面的巴斯蓋特鎮，在那裏他們找了一輛計程車，回到了愛丁堡機場。

蘇格蘭魔法師聯合會方面，聽説被狼妖識破了計策，兩個「主演」大衛和湯瑪斯都很懊悔，他倆也覺得一定是自己的表演在哪裏出了問題，大衛説湯瑪斯暈倒下去的時候很不自然，湯瑪斯回憶起來，他暈倒時好像還故意看了狼妖一眼，狼妖也看到了他，不過這時自己正在倒下，想收都來不及了。他倆因此向博士表示歉意，博士説這也不怪他們。

回到愛丁堡機場，天已經暗了，博士他們吃了晚飯，隨後各自去休息了一會。海倫和本傑明起來後，來到博士

的房間，博士已經在那裏看地圖了。

「博士，怎麼樣……」本傑明向博士走去。

「噓──」保羅連忙做了個噤聲的手勢。

「噢，我明白，我明白。」本傑明擺擺手，連忙站住，他看看身後的海倫，兩人坐到了沙發上。

博士在深思，他的眼睛盯着地圖，旁邊放着一些書本。房間裏靜靜的，只有博士偶爾翻閱資料的聲音。本傑明和海倫都知道，這個時候不能打擾博士，一個新的計劃，應該正在形成之中。

「你有什麼想法？」本傑明碰碰身邊的海倫，小聲問。

「我……」海倫想了想，「你呢？」

「去找本地的小精靈、大鼠仙，一個個的問。」本傑明説，「也許有誰知道雙頭怪在哪裏。」

「我也想過，可是這裏的小精靈和大鼠仙都不多。」海倫搖搖頭，「這裏人少，小精靈大鼠仙更少，不像倫敦那邊……」

「嗨，你們在説什麼呢？」保羅搖着尾巴跑了過來，他把頭搭在沙發上。

「我們在想辦法呢。」海倫說，「啊，對了，保羅，你有什麼想法嗎？怎麼去找那個雙頭怪？」

「我……」保羅微微晃晃腦袋，隨後一笑，「我的想法就是不知道我有什麼想法……」

「老保羅，還開玩笑。」海倫拍拍保羅的腦袋，「抓不到雙頭怪，小心他過來和你拚命，你今天又把他的手下狼妖給炸死了。」

「那就叫他來！」保羅指着外面，「就怕他不來，只要他來，我送他四顆導彈！」

「博士計劃好了！」本傑明突然說道。

只見博士已經站了起來，他的臉色很平靜，不過本傑明似乎看到他的眼中射出了興奮的光芒。

本傑明說：「博士，你一定又有什麼新辦法了？快點告訴我們。」

「新辦法也是老辦法。」博士笑了笑。

「啊，真的有辦法了！」海倫興奮起來，「那你快說呀。」

「今天這個狼妖，是不是很狡猾？」博士突然問。

「是呀。」海倫和本傑明對視一下，隨後望着博士，

「牠識破了我們的計劃。」

「確實狡猾，但是也有愚蠢的一面。」博士還是微笑着，「而且非常愚蠢……」

三個小助手都目不轉睛地看着博士，博士看了看桌子上的地圖，隨後向小助手們招招手。本傑明他們連忙走過去，圍在桌子旁。

「我們知道雙頭怪就隱藏在愛丁堡市的周圍，但是這裏地廣人稀，很難判定雙頭怪具體的藏身處。」博士的手指着地圖上的愛丁堡地區，「不過狼妖這次一跑，給我們指明了雙頭怪的藏身方位，就是愛丁堡市西面的巴斯蓋特地區，這大大縮小了我們找尋的範圍。」

「是這樣的，」海倫看着地圖，「其實牠還是給我們領路了。」

「也許牠急於告訴主人，說我們在找牠，讓主人馬上遠走高飛。」博士說，「但是這種方式……所以我說牠其實也很愚蠢。」

「範圍縮小到巴斯蓋特，我們就可以集中精力在這個區域查找了。」本傑明的手在地圖上的巴斯蓋特點了點。

「對！」博士的語氣堅決，「所以我說新辦法其實也

是老辦法，我剛才查過這片區域了，狼妖發信號的地方是一大片丘陵地帶，還有連綿的森林，特別適合魔怪藏身。巴斯蓋特的南部是開闊的草場，西部靠近公路，都不是好的隱藏場所，只有北部和東部適合藏身。」

「狼妖跑到北部的山頂發信號，就説明這邊是他們平日活動區域，藏身處也在這邊。」海倫説着看看博士，像是求證。

「完全正確。」博士的手指重重的點在地圖上巴斯蓋特北面的區域，「這就是我們查找的重點方向，我剛才查閱了巴斯蓋特地區生態分布的資料，這個地區人煙稀少，生活在這裏的主要猛獸就是狼和熊，再往南或者向東，這些猛獸就很少了。」

「博士，你的調查真的太全面了。」本傑明興奮地叫起來，「我還真是沒有想到這些，這説明雙頭怪的那些手下都是他就地找到的。」

「對，這從一個側面印證了雙頭怪藏身的區域。」博士説，「這樣一來，我們的搜索範圍大大減少了。」

「那我們現在就去吧，」保羅有些着急了，「用我的預警系統進行探測……」

　　「老伙計，不要太着急。」博士看看保羅，「即使是這樣一片區域，面積還是不小的，現在就是帶上很多魔法師幫忙，找尋一個隱藏起來的魔怪也不那麼容易，所以我想先進行重點搜索。從衛星圖上看，有幾個地方的林木特別茂盛，我都標記下來了……」

　　「那我們去叫魔法師來幫忙。」保羅依然心急地叫道。

　　「暫時不需要。」博士擺擺手，「魔怪在暗處，如果展開大規模搜索，一旦驚動了他，他有可能向其他地方逃竄，那就不好找了，我們這次的搜索要很隱蔽地進行。」

　　「隱蔽地找隱蔽起來的魔怪，」海倫想了想，「是這樣吧？」

　　「就是這樣！」博士微微點點頭，他望着地圖上的巴斯蓋特地區，若有所思地説。

　　這天下午，巴斯蓋特鎮北面的一座小山下，出現了博士和三個小助手的身影，蘇格蘭魔法師聯合會派車把他們送到這裏。博士決定立即對這片區域進行搜索，找出可能隱藏在其中的雙頭怪。

　　面前的小山不到一百米高，公路的盡頭也就是這裏

了，翻過這座山，是一片片連綿的丘陵，丘陵上覆蓋着大片的森林。博士看看身邊的小助手，揮揮手，開始爬山。

小山的坡度不大，很好攀爬，沒一會，他們就爬到山頂上了。站在山頂上，透過茂盛的樹木，他們能看到對面的山頂。

「狼妖發信號的山距離這裏有兩公里多。」保羅對大家說，「我探測過了，現在的這片區域沒有任何魔怪反應。」

「臨近公路，雙頭怪不可能藏身在這裏。」海倫手裏拿着幽靈雷達，說道。

「再向裏就深入山間密林了。」本傑明指着前面的小山說。

「嗯。」博士點點頭，「我們可以隱身了……看不到我的形。」

博士唸了一句口訣，「唰」的一下就不見了蹤影，三個小助手也各唸口訣，一起隱去了身形，這次是秘密搜索，為了避免被雙頭怪發現，博士決定隱身搜索。

隱身的魔法偵探們繼續前行，他們下到山腳下，而後沿着山谷前進，目的地是博士選擇好的「A」號區域，那

是一個小山谷,博士通過衛星地圖發現,那裏的樹林特別茂密。

大家快步前進,穿行在密林中,他們相互間能看到,但誰都沒有說話。保羅不停地向四周發出探測信號,海倫和本傑明也用手裏的雷達搜索着。

半個小時後,他們到達了「A」號區域,大家進入到一片密林中,這片密林在一座山的山腳下,有一條流速極快的小溪蜿蜒着在林中穿過,「嘩嘩」的流水聲響徹在林中。

「就是這裏。」博士看看幾個小助手，小聲地説，「注意每個可能藏身之處，特別是山洞、樹洞和大的巢穴⋯⋯」

「那邊好像有個山洞。」保羅指了指前面，在山腳下的灌木中，一個黑乎乎的山洞露出來，保羅連忙向裏面射出探測信號，「我測過了，什麼都沒有，洞深不到兩米，不可能藏着魔怪。」

「嗖」的一聲，他們身邊不遠處的灌木響了起來，大家一驚，連忙蹲下，看着聲音響起的方向。不一會，一隻小鹿慢慢地走過來，一邊走一邊吃着灌木上的樹葉。

小鹿根本就沒有看見有人在這裏，牠悠閒地吃着樹葉，不知不覺中，走到了本傑明身邊。本傑明興奮起來，他做出了一個撫摸小鹿的動作，海倫在一邊笑了起來。

正在這時，兩隻不緊不慢地兔子跑了過去，森林中顯現出一片祥和的景象。

「我們去『B』區域吧。」博士對大家説，他的表情很失望。

小鹿猛地聽到身邊的人類説話聲，嚇得跑開了。本傑明連忙走過來。

「還沒搜索呢，保羅就測了一個山洞。」

「不用浪費時間了。」博士果斷地說，「魔怪活動的區域，鹿、兔子等等動物幾乎是絕跡的，魔怪喜歡捕捉這些動物食用，動物很敏感，牠們知道什麼地方有危險。」

「也就是說我們要找的地方不應該出現這些小動物？」海倫問。

「對。」博士點點頭，「小動物頻繁出現的地方魔怪生活的概率極低，這可以說是一個公式。」

「書上好像沒教過呢，」海倫很興奮，「又學了一招。」

「哼，你就捧着書找雙頭怪吧。」本傑明不屑地說。

「你？」海倫瞪着本傑明，保羅看到他們要吵起來，連忙拉拉海倫，海倫氣呼呼的，「我現在不和你吵。」

博士帶着他們向選擇好的「B」區域走去，那也是一座小山。途中，他們不停地碰到出來覓食的各種各樣的小動物，大家有些失望，這片區域看來是不會有雙頭怪了。

他們很快就到達了「B」區域，這裏的小動物似乎不是很多，他們站在山頂，保羅對着東西南北四個方向連連射出探測信號，本傑明沿着山頂轉了一圈，用幽靈雷達進

行搜索，隨後還下到半山腰，小山不大，他們很快搜索完畢，這裏果然沒有任何魔怪跡象。

　　搜索完小山，已經是傍晚了。博士決定收兵，這一天的找尋算是完成了。他們原路返回，公路盡頭，魔法師聯合會的那輛車等着他們，此時的巴斯藍特鎮上也駐紮了五名魔法師聯合會派來的魔法師，隨時準備對博士他們進行支援。如果博士決定展開大規模搜索，這些魔法師將立即參加進來。

第六章　發現魔藥反應

這個晚上，他們就住在了巴斯蓋特鎮上，愛丁堡機場那邊有足夠的魔法師守護，博士比較放心。他們明天要對找出來的「C」、「D」和「E」三片區域進行搜索。搜索完這三處地方，博士找出來的重點區域就全部搜尋完畢了。

博士他們被安排在鎮上的一家旅館裏，到了旅館後，他們吃了晚餐，隨後都集中在了博士的房間。

「氣氛，關鍵是氣氛。」來到博士的房間，保羅就叫道，「今天找的兩處地方，全都生機勃勃，小河流水，動物亂跑，哪像有魔怪的樣子呀！」

「真是這樣。」海倫想了想說，「我們也不是第一次抓魔怪了，魔怪長期隱藏的地方，很多都是陰森森的，和電影上描述的一樣。」

「但願明天能碰到一個陰森森的地方。」本傑明說，「雖說狼妖的信號雙頭怪應該沒聽到，但是他也知道遇到

了魔法師，魔法師又不會輕易放過自己，因此我就怕他棄巢而走了。」

「這個可能性存在。」博士接過話，他剛才一直在看地圖，「不過魔怪的報復心極強，損失了那麼多手下，他更大的可能是留下尋機報復，而且只要他有一個自認為很隱蔽的藏身之處，也不敢輕易出逃，因為逃走不一定能找到更好的隱蔽住所，也許還會遇上魔法師。」

「那樣最好！」本傑明揮揮拳頭，「明天我們就能抓到他了！」

「有那麼大把握？」保羅問，「我覺得只有30%的希望，這是我最新統計的結果。」

「不高呀。」本傑明不太開心地說。

「遇到一點困難就洩氣。」海倫不屑地看看本傑明，「下一步就是繼續搜索，我覺得雙頭怪就隱藏在我們鎖定的區域裏，我們一定能找到他！」

「我沒有洩氣，」本傑明急忙爭辯，「我只是……」

「信心不足。」保羅搶着說。

「對，信心不足。」本傑明說，忽然，他感覺到什麼，「不對，我不是信心不足，保羅，你……」

海倫和保羅在一邊都笑了起來，博士也笑了。

「本傑明的心情可以理解。」博士環視着大家，「未知數其實還是很大，不過這不會妨礙我們的工作，今天早點休息，明天還有三個區域要搜索呢！要是找到雙頭怪，肯定是一場大戰。」

按照博士的叮囑，這天晚上大家很早都去休息了。第二天一早，還不到八點，他們就進到山中。博士帶着隱去身形的大家直奔「C」區域，那裏同樣是林木茂密，到了那沒多長時間，他們就發現林中活動的動物很少，連鳥鳴聲都幾乎沒有，本傑明興奮起來，他手持幽靈雷達，小心地穿行在林中。

「啊——」，海倫的叫聲忽然傳來。博士和本傑明就在附近，聽到海倫的喊聲，連忙跑了過來。

海倫站在一塊巨石前，巨石的下面，有一具被吃掉半截身子的鹿的屍體，海倫呆呆地看着被吃掉的鹿，她剛才被嚇了一跳。

博士走到鹿的屍體旁，蹲下身子，看了看。

「狼吃的。」博士指着地面上的幾個腳印，「這一片有狼活動，所以其他動物活動較少。」

「半截身子，」本傑明指着鹿的屍體說，「狼還會來的，牠還沒有吃完。」

「對，也許就在附近。」博士說，他走過去拉拉海倫，「走吧，大自然的弱肉強食。」

「可憐的小鹿。」海倫轉過身子，她看看博士，「這裏有猛獸活動，所以小動物較少，我還以為是因為雙頭怪住在這裏呢。」

「我也是這樣想的。」本傑明有些垂頭喪氣，「我們去『D』區域吧。」

在「C」區域的搜索一無所獲，大家來到三公里外的「D」區域，這裏的地形比較複雜，有大片的沼澤，一些大樹頑強地生長在沼澤之中，博士提醒大家千萬小心，不要陷到沼澤中去。

經過半個多小時的搜索，在「D」區大家仍是什麼都沒有發現。博士劃出的重點區域只剩下一個「E」區了。他們稍微休息了一會，前往最後一個目的地。

再次出發後，本傑明走在最後面，忽然，他快走幾步，拉了拉前面的海倫。

「如果還找不到，我們就召集幾十個魔法師，對整個

地區進行拉網搜索。」本傑明小聲地説。

「這樣不行吧？」海倫懷疑地説，「博士説了，大規模搜索萬一驚動了雙頭怪，他一定會遠離這裏，這樣的話誰知道他會跑到哪裏去呢？」

「那怎麼辦？」本傑明看看四周，「這麼密的樹林裏都找不到，難道他藏在不長樹的地方？別以為你看書多，我也看書的，書上説魔怪都會充分利用地形來建造自己的巢穴，林地、洞穴可是他們的首選。」

在最後一個區域能找到魔怪嗎？

　　前面，博士和保羅也在說着什麽，「E」區域離這裏只有一公里多，他們到了以後，開始仔細的搜索，這時已經是下午了。「E」區域就在一個半山腰上，他們找了半天，還是一無所獲。

　　「本傑明，是不是很灰心呀？」博士走過去，笑着看看本傑明。

　　「你還笑呢！」本傑明一臉不高興，「這下好了，哪裏都找不到雙頭怪。」

　　「沒關係。」博士拍拍本傑明，「我們也有收穫呀。」

　　「什麽收穫？」本傑明和海倫一起問。

　　「整個巴斯蓋特地區，我們找了五個重點區域。」博士指着茂密的林木說，「沿途還經過十幾座小山，都做了探測，這就等於我們排除了這些地區，現在我們已經搜索了整個區域的20%，對吧，老伙計？」

　　「沒錯，是20%。」保羅說，「這是你和我最新統計的結果。」

　　「那還有80%的區域呢！」本傑明想了想，他看看遠處，「大規模搜索吧，怕驚動雙頭怪；不這樣吧，這麽大

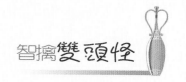

的區域，要搜索到什麼時候呀⋯⋯不過，我們確實已經完成了20%區域的搜索，博士，你看問題總是很積極。」

「任何時候都要往好的方面想，同時做不好的打算。」博士依舊微笑着，「一個聰明的偵探，就是要這樣，一個成功的偵探，更要這樣。總是把問題想得過於複雜，會影響我們的判斷，還會把氣氛搞得很沉重喲。」

「呵呵，我明白了。」本傑明終於笑了。

「走吧。」博士説着向山下望望，「我們先回去，再想想辦法，辦法就是遇到問題後才去想的。」

「我知道，」本傑明握握拳頭，「博士，我不會洩氣的，我們一起加油！」

「嗯，很好。」博士滿意地點點頭。

「這才像個牛津的學生嘛。」海倫在一邊笑着説。

「哇，海倫，你⋯⋯你對我們學校有了正確的評價！真難得呀！」本傑明興奮地叫起來。

「我？」海倫眨眨眼，「有嗎？」

「看看，説漏嘴了，你又不承認了！」本傑明擠擠眼睛。

「有嗎？我有嗎？」

「好了好了，我們現在先回去。」保羅打斷他倆，隨後指指東面，「博士，我們從那邊走吧，我的定位系統提示那邊有一條路，直通巴斯蓋特鎮，也能到達我們停車的地方。」

「好。」博士說，「不用原路返回，沿途說不定還能遇到什麼呢，我們走！」

大家跟在保羅後面，下到山下，他們繞過山谷，一條山間小路出現在眼前，他們走上了這條只有一米寬的小路，小路蜿蜒着，一直向南，前方的路隱沒在了樹林中。

「這裏居然還有條路，」海倫一邊走一邊說，「誰會到這裏來呢？」

「再向北是海灣，還有一個火車站。」保羅說，「巴斯蓋特鎮的人可以走這條路去海灣或火車站。」

大家沿着小路一直向前，保羅走在最前面，他很興奮，經常跑得不見了，博士在後面喊了幾聲，他才站住等着大家。他們距離停車的地方不太遠了。

「我想，雙頭怪不可能住在這條路的附近吧。」本傑明一邊走一邊說。

小路的兩邊，此時是高高的草場，草場裏稀稀拉拉

地長着一些樹。前面的保羅又跑得不見了，這次他沒有跑遠，而是鑽進了草場裏。

「老伙計——老伙計——」博士叫道，「別跑遠了——」

保羅突然很緊張地從草叢裏鑽出來，他快步跑到博士身邊，還做着不要出聲的動作。

「怎麼了？」博士意識到了什麼，連忙對身後的海倫和本傑明擺擺手，大家一起蹲下。

「博士，那邊有魔藥反應。」保羅激動地説，「是魔藥反應，不是魔怪反應。」

「魔藥？」儘管不是魔怪，博士還是一驚。

「很強烈！」保羅指着不遠處，「就在那邊。」

「哈哈，果然有收穫！」本傑明興奮地望着保羅指的方向，「藏在那裏，他跑不了了。」

「不一定是雙頭怪。」博士微微抬起身子，「我們去看看，保羅，你帶路。」

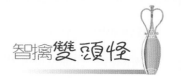

第七章　大魔法師查克

大家俯身跟着保羅，進入了草場，他們前行了一百米，來到一片低矮的丘陵前，丘陵下有一所孤立的房子，距離那條小路不到兩百米。

「確實沒有魔怪反應，但有魔藥反應！」本傑明看看幽靈雷達，「在這樣一個偏遠地帶煉製魔藥，不會是好人，可能是雙頭怪的幫兇，給雙頭怪煉製魔藥的！」

「我們過去看看。」博士看着那所房子，「你倆從側面迂回，我們包圍那所房子……嗯？我聞到什麼氣味，煉製蕁麻湯的味道！」

「蕁麻湯是基礎魔藥。」海倫説，「我也聞到了，可能是個巫師。」

「過去看看就知道了。」博士做了個出發的手勢。

海倫和本傑明一左一右包抄過去，博士帶着保羅正面前進。面前的房子不算大，有上下兩層，走近看那房子顯得很舊，有些破敗。

博士來到房子的正門前，沒有誰發現他，房門半開着，裏面傳出很重的蕁麻湯味道。博士看到海倫和本傑明已經到了房子的兩側，做了一個停止前進的手勢，他倆立即就近找掩護，隱蔽起來。

博士和保羅對視一下，悄悄地前進到房前。博士小心地靠在開着的窗戶旁，裏面有一些響動，同時，他還聽到有人在輕輕地唱歌。他悄悄地把頭探過去，發現房間裏有一個男人正在一張工作桌前忙碌着，工作桌上都是試驗用的器皿，一鍋蕁麻湯翻滾着熱氣，那人看上去年紀很大了，他戴着眼鏡，頭髮花白，身穿一身實驗室工作服，正要往蕁麻湯裏加什麼，博士先確定他是一個正常的人類，身上也沒有任何魔性，説明他和魔怪或者巫師沒有接觸。

「啦啦啦……」那個男子哼着歌，手裏拿着一個試管，試管裏有深綠色的液體，他將那液體舉起來，倒向蕁麻湯，「哈哈，加上一些覆盆子汁液，就大功告成了……」

「不要——」窗外的博士大喊一聲。

「轟——」的一聲，一切都晚了，爆炸聲響起後，蕁麻湯飛濺，博士低頭躲過飛出來的蕁麻湯，隨後向裏面看

了看，裏面是一片白霧，什麼都看不見。

海倫和本傑明看到發生了爆炸，都衝了過來，博士對他們苦笑一下。

「裏面是個煉製魔藥的人，不過很業餘，他可能被炸得不輕。」博士說道，「我們進去看看。」

說着，博士走到房門前，他正要推門，突然發現大門前掛着一塊牌子，那牌子不大，風吹日曬的，牌子上的字都看不太清了。

「蘇格蘭大魔法師聯合會⋯⋯」本傑明唸着牌子上的字，「魔法師聯合會？前幾天還在愛丁堡，什麼時候遷到這裏來了？」

「看清楚了，是『大魔法師聯合會』！」海倫大聲地說。

「走吧，先看看那人怎麼樣了。」博士說着推門進去，本傑明和海倫跟着走了進去。

「嗨，你還好嗎？」博士大聲地問。

沒人回答博士。他們進到房間裏，只見房間裏一片狼藉，爆炸產生的煙氣正在散去。那個煉製魔藥的人坐在地上，他的臉上都是綠綠的蕁麻湯，頭髮上也是，頭髮被

炸得根根支立，他的眼鏡也被炸飛了，一動不動地坐在地上，好像是僵住了。

「起來，快起來。」海倫上前扶起他，「你還好吧？你叫什麼名字？」

「查克，我叫查克。」那人終於開口了，他顫巍巍地說。

「神智還算清楚，知道自己的名字。」海倫看看博士。

「完啦……」那人一副哭腔，「強力魔藥實驗又失敗了，又失敗了！」

「加熱的蕁麻湯怎麼能放覆盆子汁液呢？」博士在一邊埋怨起來，「一定是會爆炸的，你連這個都不知道，還煉製魔藥？」

「我知道，」那人被海倫扶着坐在一把椅子上，「可是不冒險就不會收穫強力魔藥，增強力量一千倍的魔藥……」

「那也不能亂冒險，」海倫說，「還好沒什麼事……」

「博士，你們來看。」本傑明突然激動地指着什麼，

大叫起來。

順着本傑明的指向，大家看到在房間東面的牆上，有一幅博士的照片，那張照片是從雜誌上剪下來的，被鑲在一個相框裏，掛在了牆上，剛才那一炸，相框也歪了。

「看看這行字。」本傑明指着相框最下面的一行字，唸了起來，「蘇格蘭大魔法師聯合會會長查克的老師——南森博士。」

「博士，你什麼時候有這樣一個學生？」保羅立即叫了起來。

「我……我沒有這個學生。」博士哭笑不得，「而且我也沒有當過老師，哪裏來的學生？」

「那要問問這個查克了。」海倫跑了過去，查克正在找自己的眼鏡，海倫看到眼鏡被炸落在地上，撿起來遞給他，「喂，查克先生，你的老師是南森？大名鼎鼎的魔法偵探南森博士？」

「當然。」查克戴上眼鏡，「本會長的老師能是一般人嗎？當然是大偵探南森，倫敦魔幻偵探所的南森博士。」

「你還是會長？」海倫問，「蘇格蘭魔法師聯合會的

會長好像不叫查克呀。」

「他們是他們！我是我！」查克好像生氣了，「我是蘇格蘭大魔法師聯合會會長，聽見了嗎？是大魔法師。」

「聽見了。」海倫拉拉查克，隨後指了指博士，「那你看看這個人你認識嗎？」

查克摘下眼鏡擦了擦，隨後又戴上，他盯着博士仔細地看了看，頓時興奮起來。

「啊，是老師，南森博士，我的老師！」查克説着跳了起來，他衝上去一把抱住了博士，「真沒想到，你專程來看我了，我真是太激動了……」

「等等，我好像沒有你這個學生。」博士連忙擺擺手，「我沒有教過學，哪裏來的學生？」

「老師，你還記得嗎？」查克激動地説着，他突然跑向一張桌子，「你等等，你等等……」

　　查克跑到桌子那裏，打開一個抽屜，從裏面拿出一個信封，然後飛快地跑到博士面前，把信封揚了揚。

　　「你看看，三十年前你給我寫的信，你還鼓勵我！」查克一直很激動，「三十年啦……」

　　「這……」博士愣住了，他拿過信封，仔細看了看，「是我寫的字……」

　　「是博士的字。」本傑明湊上來，看着信封説道。

　　「啊！」博士突然叫了起來，「好像是回覆魔法愛好者的回信，我每年都要回覆很多這樣的信。」

　　「是呀。」查克説，「三十年前我寫信向你請教魔法問題，你回了信，還鼓勵我説業餘時間練習一些魔法是好事，可以幫助他人……」

　　「是有這麼回事。」博士已經把信打開，看了看信的內容，「是我的回信，想不到你還保留着……」

　　「當然保留着。」查克激動地説，「這是老師給學生的回信呀！你解答了我的問題，還鼓勵我，我收到你的信非常高興。老師，我一直為是你的學生而驕傲呀。」

　　「要是這樣説……」本傑明看着那封回信，然後又抬頭看看博士，「他也算是你的學生，你確實教過他一些東

西。」

「當然算了。」查克連忙說。

「這封信上說你從小就喜歡練習魔法，看來你現在也一直在練習魔法了。」博士問。

「從來沒有停止過，我最近一直在研製新型魔藥。」查克指着桌子上的各種器皿，「啊，老師，自從你給我回信後，我的魔法水準有了很大提高，在巴斯蓋特鎮狐妖案中，我有很好的表現⋯⋯」

「等等，」博士擺擺手，「你是說二十年前巴斯蓋特鎮的狐妖案？」

「是呀。」

「可是我記得那起案子是蘇格蘭魔法師聯合會的兩名魔法師破獲的，沒有你參與呀。」

「我參與了。」查克有點着急了，「我差不多是第一個知道狐妖被擊斃的，第一個跑到大街上喊『狐妖被擊斃』了，這可讓大家放了心，你知道那段時間大家都很緊張，是我讓大家恢復了平靜。蘇格蘭魔法師聯合會的傢伙們居然不把我的名字寫進這段偵破史，他們這是嫉妒，不過沒關係，我把自己寫進了《蘇格蘭大魔法師聯合會發展

史》裏，並做了重點介紹。」

「你是⋯⋯蘇格蘭大魔法師聯合會的會長？」博士緩緩地問。

「沒錯，我有註冊證書。」查克說，「你知道，蘇格蘭魔法師聯合會的那些傢伙說我水準不夠，不肯讓我加入，我這樣偉大的魔法師居然不能加入，我可是你南森博士的學生呀！一氣之下，我就自己註冊了大魔法師聯合會，我就是會長。儘管我們現在只有我一個會員，但是我們最終會壯大的，我就是要和他們比試一下。」

「我⋯⋯明白了。」博士看看幾個小助手，表情有些無奈，他又看看查克，「你剛才往蕁麻湯裏加覆盆子汁液，這太危險了，操作準則還是要遵循的，否則要出問題。」

「老師，你說的對。」查克點點頭，「其實這是我第八十次被炸了，我想煉製出強力魔藥，吃了這種魔藥後一拳可以擊碎一塊鋼⋯⋯」

「查克先生，你在這裏住很久了嗎？」博士想到一個問題，「這裏離鎮子很遠，附近好像就你一家呀。」

「是的。」查克說，「鎮上沒有人像老師你這樣理

解我，我只不過是試製魔藥的時候炸毀了自己家的房子和租的房子，他們就不讓我住了。為了遠大的理想，必須付出些犧牲，可是他們就是不理解我。哎，俗人呀，都是俗人。」

「炸了兩所房子？」本傑明張大了嘴巴，「這……」

「我自己家炸了後租了老麥克的房子，也被炸了。」查克輕鬆地說，他看了看本傑明，「嗨，你是本傑明吧，還有海倫，我知道你們，你們是老師的助手，也就是老師的學生，這樣算來你們是我的同學。」

「算……是吧。」本傑明聳聳肩。

「還有你，保羅，會說話的機器狗。」查克指了指保羅，「我也知道你……」

「我也是你的同學？」保羅搖搖尾巴，笑着說。

「你嘛……」查克抓抓頭髮，「還真難說……」

「查克，我想問你一些事情。」博士抓住時機，掏出一張當地的地圖，「你是本地人，對吧？」

「是的，我是本地人，我就出生在巴斯蓋特鎮。」

「太好了，那你對這裏一定很熟悉。」博士說着把地圖攤在桌子上，「我想問你，在巴斯蓋特北面這片丘陵地

區裏，你覺得哪裏是魔怪藏身的好去處？」

「魔怪？」查克一愣，他有些興奮，「你是説魔怪嗎？我可一直想親自抓一個魔怪，到時候看魔法師聯合會的那些傢伙還敢小看我，可是這些年除了狐妖那次事件外，再也沒有魔怪出現了，為什麼？原因很簡單，因為有我這個大魔法師生活在這裏，哪個魔怪還敢住在這裏！」

「這個……」博士想了想，「好像有一個，啊，也許才搬來不久，是個雙頭怪，老實説我們就是為了抓他才來的。」

「雙頭怪？」查克皺起了眉頭，隨後他低下了頭，「真是太對不起這裏的民眾了，都是我疏心大意才造成的，居然有一個雙頭怪住在巴斯蓋特，我不得不承認，是我的失誤……」

海倫和本傑明聽到查克這樣説，忍不住都想笑，他們覺得查克這個業餘的魔法愛好者真是太自戀了。

博士看看兩個小助手，擺擺手，意思是不要嘲笑查克，他認真地望着查克，手指着地圖。

「你是本地人，對這裏一定很熟悉了，我就是想知道哪裏適合魔怪藏身。」博士説，「你看，我們已經找了

A、B、C、D、E五個區域，都沒有發現魔怪的蹤影。」

「是嗎？」查克俯身看着博士指着的地方，「是這裏嗎？大魔法師山，查克河谷……」

「什麼？」博士連忙問，「你説『大魔法師山』？」

「啊，就是老師你標出來的『A』區域。」查克連忙説，「地圖上很多無名的小山和河谷，我給它們起了名字，『A』區域就是大魔法師山。」

「噢，明白了。」博士恍然大悟。

「我對這裏很熟悉。」查克望着地圖，「我經常去這些地方採摘稀有植物煉製魔藥，沒有我不知道的地方。」

「對呀。」博士雙眼射出兩道光，「一般人估計不經常進山呢。」

「嗯，這裏……這裏……」查克的手指着地圖，「你們找的地方不少，啊，查克坑你們去過嗎？」

第八章　前往「查克坑」

「查克坑？」大家都比較好奇，一起圍了過來。博士指着地圖，「在哪裏？」

「這裏，」查克見引起大家的興趣，很得意，「大魔法師山北面三公里處，有一個很大很深的熔岩坑，我下到底稍微看了一下就馬上上來了，我去那裏採過松蘑……」

「是這裏嗎？」博士仔細地看着地圖上的「查克坑」，「我從衛星地圖上看過這裏，這邊的林木不是很茂盛。」

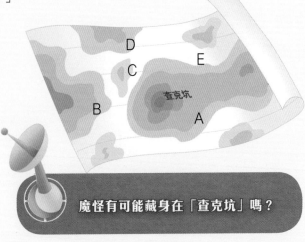

魔怪有可能藏身在「查克坑」嗎？

　　「四周的林木不多。」查克說，「但是坑洞裏很多，這個坑很奇特，先是一個幾乎垂直的大坑，有幾十米深，下去後有個巨大的溶洞，和地面平行，溶洞裏也有很多大樹，溶洞有多深，誰也不知道，我就是在洞口看了看，你們知道，我這樣的大魔法師是不會輕易冒險的。」

　　「有這樣的地方？」博士的表情嚴肅起來，「非常適合魔怪隱藏呀。」

　　「我覺得也是。」海倫看着地圖，「從衛星地圖上看，這裏就是一個坑谷，坑谷周邊沒什麼樹木掩護，誰知道裏面還有一個大溶洞呢？要不是查克……同學，我們也不知道有這樣一個地方。」

　　「是呀，海倫同學。」查克很得意，「你們可找對人了，不過幫助老師是我應該做的，哈哈哈……」

　　「這種地方狼和熊這樣的猛獸多不多？」博士指着「查克坑」問。

　　「有的，我見過狼。當時我背着獵槍，狼看見我就跑了，牠們一定都知道我的威名——蘇格蘭大魔法師聯合會的會長。」

　　「狼和熊能下到坑底嗎？」

「有一處斜坡比較陡峭，能到坑底，斜坡上樹木很多，狼和熊能通過攀爬下到底部。」

「好，我知道了。」博士看着地圖，然後抬起頭看看海倫和本傑明，「這裏離那天狼妖對雙頭怪喊話的地方不遠。」

「只有五公里。」本傑明也看着地圖說，「狼妖在那個山頭喊話這裏能聽到，他不傻，沒把我們直接帶到這裏來。」

「是呀。」博士說着看看外面漸漸黑下來的天色，「今天有點晚了，如果現在去找，萬一真有雙頭怪，一旦被驚動他有可能趁着夜色逃跑，我們明天去……」

「我也要去，」查克搶着說，「我來帶路。」

「你？」博士看看查克，「這可是危險的事，萬一遭遇魔怪……」

「所以我很擔心你們呀，」查克說，「我這個大魔法師要帶着你們，保護你們。」

「聽我說，這可不是開玩笑的事，萬一遭遇雙頭怪，傷到你……」博士嚴肅地說。

「老師，你也不相信我的法力嗎？」查克着急了，

「我可是你教出來的最優秀的學生，沒有之一，我就是最棒的那個，所以才能成為蘇格蘭大魔法師聯合會的會長。」

「可是……」博士一時都不知道說什麼好了。

「我知道你們沒見過我的法力，不相信我，那我現在就給你們表演一次。」查克激動地說，「是不是對付一個雙頭怪？可以用火攻，你們躲遠點，我要演示一下我的噴火術……」

查克邊說邊作着手勢，海倫他們連忙避讓，他們退了兩三米，查克叫他們繼續後退，他們又退了兩步。

「好的，看好了。」查克立定站好，手臂伸了起來，「看好了，看好了，這就來了——看我的噴火術：歐洲第一，世界第二，宇宙第三！威力無窮呀……」

「等等，不會把房子給燒了吧？」海倫心有餘悸地問。

「不會的，我控制自如。」查克說，「看好了，看好了，這就來了——看我的噴火術：歐洲第一，世界第二，宇宙第三！威力無窮呀……」

「你快點呀！」本傑明有些着急了。

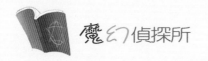
「知道，看好了，看好了，這就來了——看我的噴火術……」

「歐洲第一，世界第二，宇宙第三！」本傑明搶過話，「你快點呀……」

「好的，這就來了。」查克做好了姿勢，突然，他看看本傑明，「噴火術的口訣是什麼？」

「啊？」本傑明一愣，「連口訣都忘了，還宇宙第三？」

「我是怕你忘了！」查克看看本傑明，「好了，看我的……火燄齊出！」

查克唸了句口訣，隨後張開大嘴，一股火燄真的從他嘴裏噴了出來，不過那股火燄噴射的距離不遠，只有十幾厘米，查克張大嘴，用盡力氣噴火，那股火燄沒有向前，反而升騰起來，轉瞬間就包裹住查克的腦袋，他的頭髮都被燒起來了。

「啊——救命呀——」查克用力拍打着腦袋，滿房間亂跑，「救救我——」

「傾盆大雨——」博士用手一指查克的頭頂，唸了句口訣。

查克的頭頂上，出現了一團黑雲，黑雲中有瀑布一般
的水潑下，全都澆在查克的頭上，查克頭髮上的火暫時被

澆滅了，只見他滿頭是水，呆呆地站在那裏。

「你還好吧？」海倫跑過去，關切地問。

「我⋯⋯我沒事。」查克開始用手擦頭，他尷尬地笑笑，「一點小失誤，小失誤⋯⋯」

「同學，」本傑明用憐憫的目光看着查克，「我現在知道蘇格蘭魔法師聯合會為什麼不要你了。」

「你去換一身衣服吧。」博士無奈地看着查克，「練習魔法可不是容易的事，尤其是在不熟練掌握口訣的情況下不能輕易使用，否則會傷到自己。」

「我知道了，老師。」查克不像剛才那樣得意了。

「這樣吧，今晚我們就住在這裏。」博士看了看查克，「明天一早我們就去那個深坑。」

「那我呢？」查克急忙問，「我也要去。」

「你的法術嘛，我見識了。」博士笑了笑，「不能説一點也不會，這樣吧，你也去；倘若遇到危險，你就跑，好嗎？」

「好的，我跑得可快了。」查克忙不迭地説。

「那就好。」博士點點頭，「今晚我再教你幾招急走術，雙頭怪力氣大，法力一般，帶你去應該也沒什麼問

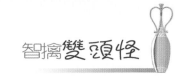

題。」

「謝謝老師，謝謝老師。」查克非常高興，「哈哈，這次我可以真的參加抓魔怪的行動了，我做夢都在想這一天呢。」

說着，查克撲上去擁抱博士，博士看着他那濕漉漉的頭，眉毛皺了起來。

「你們今晚就住在這裏，樓上有好幾個房間呢。」查克終於鬆開博士，他激動地唱了起來，「啦啦啦……我先去換衣服了。」

查克跑去換衣服，海倫和保羅已經開始幫忙打掃查克的試驗室了，本傑明走到博士身邊。

「這個查克，還真是天真，我看他都有七十歲了，還像個小孩一樣。」

「執着的業餘魔法愛好者！」博士有些無奈，「也沒什麼這方面的天分，但就是癡迷，這種愛好者確實不少呢。」

「博士你剛才對他說如果遇到雙頭怪就跑，那個坑洞裏真有雙頭怪嗎？」本傑明說。

「如果真有這麼一個神秘的地方，雙頭怪藏在那裏確

有可能呀。」博士望着窗外的森林,「我們已經排除了好幾處地方,他能藏身的地方不多了。」

這個晚上,博士一行人就住在了查克家。查克非常熱情,晚餐準備的很豐盛,吃飯的時候他不停地向博士請教各種魔法問題,還拿着一個本子把博士的話記下來,博士耐心地教了他幾招急走術。他的熱情大家都能感受到,唯一讓海倫受不了的就是查克家的衞生條件——他家真是太亂了!

第二天一早,博士起牀後來到樓下,桌子上有準備好的早餐,但沒有看到查克。博士打開門一看,看到查克就在外面,他頭戴一頂自行車頭盔,腿和手還綁着護膝護腕,正在檢查一根長長的繩子,那繩子一看就是攀岩用的專用繩索。

「查克,你幹什麼呢?」博士好奇地問。

「做準備工作呀!」查克招招手,「一會要下到坑底去,那裏四面基本都是垂直的,只有一處有個六十度的坡,不用繩索很危險呢。」

「那個坑深幾十米,對吧?」

「對,六七十米吧。」

「不用繩子了。」博士笑着説,「我們帶你下去。」

「不用繩子?」查克想了想,「啊,老師你當然不用繩子,除了你,我看我們大家都要用繩子才能下去。」

海倫和本傑明也醒了,他們吃好早餐,在查克的帶領下,前往被稱作「查克坑」的地方,走了大概五六公里,查克停下腳步,指了指前面。

「到了,再往前走一百米。」

博士看看保羅,保羅搖了搖頭,表示他探測過了,前面沒有魔怪反應。

「我們去看看。」博士並不灰心,他揮揮手。

大家繼續向前,走了一百米,前面突然出現了一個巨大的坑谷,坑谷很深,下面有不少高高豎立的樹,大家都趴在坑谷的邊沿,望着下面。

「直徑有一百二十米。」保羅開始對坑谷進行測算,「坑深七十米……」

「看見了嗎?在坑的東面,有一個很大的岩洞。」查克指着坑谷下説。

這個坑谷果然如查克所説,四面都是幾乎垂直的岩壁,在坑谷底部東面有一個很大的岩洞,岩洞裏也都是

樹，岩洞旁有一個呈六十度角的斜坡，垂直的岩壁由裸露的岩石構成，斜坡上倒長着很多樹木，這種奇特的地形不常見。

海倫和本傑明拿着各自的幽靈雷達，對着岩洞開始探測，幽靈雷達什麼反應都沒有。

「岩洞裏你沒有去過？」博士問查克，「裏面有多深你也不知道嗎？」

「沒有，我就走到洞口看了看，不知道裏面有多深。」

「我們下去。」博士看看海倫和本傑明，「樹比較密，探測信號會被遮擋，坑谷又很深，我們在這裏探測距離不夠。」

「那就快下去吧，」保羅一直都很好奇，「説不定能在裏面找到什麼寶藏呢。」

「呵呵，我們成了探寶隊了。」本傑明説着站了起來。

查克也站了起來，他下意識地向後退了幾步，這麼深的坑底，他感到很害怕。

「輕輕的身體輕輕地飄。」這時博士抱起保羅，開始

唸魔法口訣，「輕輕地飄到岩壁下。」

魔法口訣聲剛落，博士慢慢地騰空而起，隨後開始慢慢地下降，一直向岩壁下飄去。

「啊？」查克一驚。

本傑明和海倫上前，各抓住查克的一條胳膊，隨後開始唸一樣的口訣。

「我……我……」查克害怕極了。他閉着眼睛，渾身發抖。

「好了，到底了。」海倫的聲音傳來。

「啊？」查克睜大了眼睛，他看到了身邊的樹，抬頭又看到了剛才站着的坑邊，頓時興奮起來，「啊，在這方面，你們確實比我強一點點，長期在老師身邊就是好呀……喂，再帶着我飛上去好不好？」

「走啦。」本傑明拉拉查克，「你的老師都走了……」

「噢，老師，等等我。」查克連忙跟上。

博士和保羅向岩洞走去，他們繞着那些大樹，來到了岩洞口。呈現在他們面前的岩洞非常大，裏面黑乎乎的，看不清楚。

「這個地方就像是挖了一個巨大的地道。」本傑明看着四周說，「先向下垂直挖出一個坑，然後在坑底平行地面開挖一個通道。」

「老師，我上次就到了這裏。」查克拉了拉博士，「我可不敢進去，如果我有什麼意外，整個蘇格蘭魔法界乃至世界魔法界就會有巨大的損失，這個損失無法彌補……」

「嗯。保羅，探測的怎麼樣？」博士蹲下身子，問身邊的保羅，「先測一測岩洞有多深。」

「稍等。」保羅已經開始發射探測信號了，他一直皺着眉頭，好像遇到什麼難題。

「裏面是什麼結構？」本傑明看着自己的幽靈雷達，「熒幕上全都是雪花。」

「說明裏面遮擋物很多，似乎還有高含量磁鐵礦。」海倫看着自己的雷達，「遇到上述兩種情況的任何一種，幽靈雷達就會被嚴重干擾。」

「博士，裏面干擾物太多。」保羅依舊眉頭緊鎖，望着岩洞，「信號折射過多，發生了信號丟失現象。」

「看來我們一定要去裏面看看了。」博士說着轉過

身，「查克，你在這裏等着……」

「我也要跟你們去，」查克説道，「沒有我你們會遇到危險的！」

「那好，你跟在後面。」博士沒有再反對，「這裏真有可能是雙頭怪的藏身場所呢！」

「因為這裏很神秘嗎？」本傑明問。

「你們還記得雙頭怪第一次出現在機場嗎？後來牠被探照燈給嚇跑了。」博士解釋道，「魔怪要是長期生活在這種黑乎乎的地方，見到強光確實會嚴重不適應。」

「那我們就走吧。」本傑明急着向裏走。

「海倫，你照顧好查克。」博士不忘叮囑一句，「遇到危險先掩護查克撤退。」

博士和本傑明率先走進到岩洞裏，岩洞入口，長着幾十顆高大的樹木，越往裏走樹木越少，光線也越來越暗。

「博士你看，」保羅指着岩壁説道，「到處都是突起的石塊，我説信號怎麼這麼差呢……」

第九章　突遇

岩壁確實非常不規則，地上到處都是凸起的大岩石，無論是幽靈雷達還是魔怪預警系統，在這樣一個內壁不規則的地方探測，都會受到很大干擾。

博士他們互相攙扶着，又向前走了幾米，前面的道路稍微平坦了一些，樹少了很多，也更加黑暗了，博士說再向前走就打開亮光球照亮。

「啊呀——」查克叫了一聲，他一腳踩空，差點摔倒。

「小心。」海倫一把扶住他。

「大家都小心些。」博士叮囑道，他繼續向前走了兩步，猛地，他站住了。

博士的面前，不到十米的地方，站着那個雙頭怪，雙頭怪剛從一棵樹後轉出來，他也看到了博士。

雙方幾乎同時發現了對方，這種突如其來的遭遇是誰都想不到的，他們全都愣住了。

「雙……雙、雙、雙、雙頭怪——」查克第一個反應過來,「我發現了雙頭怪,我、我、我噴火——」

説着,查克向前衝去,張開大嘴就要噴火。

博士一把拉住查克,雙頭怪這時也反應過來,他轉身就向裏逃去。

「站住——」博士大喊着追了上去,幾個小助手也緊緊跟上。

雙頭怪明顯熟悉地形,在黑暗中他幾乎是在暴走,博士打亮了兩枚亮光球,亮光球將岩洞照得如白晝一般,不過由於不熟悉地形,海倫和本傑明多次摔倒,博士也摔倒了一次,雙頭怪很快就不見了蹤影。

「追,追——」本傑明爬起來,「他跑不了了——」

「就怕前面有出口呀。」保羅吃力地爬出一個大坑。

「沒有出口。」查克跟在最後,「我知道地面的情況,沒有出口,這裏是死路一條。」

「那就好——」保羅説着追了出去,「站住——」

「站住——大魔法師查克在此——」查克高聲喊着,突然,他一腳踩空,「哎呀——」

岩洞裏此時已經沒有了樹木,前方的岩洞有十幾米

寬，三十多米高，追擊雙頭怪也很簡單，只要沿着岩洞通道追就可以，不用擔心雙頭怪跑到別處。

博士一直向前追了兩百多米，忽然，他面前出現了一堵巨大的岩壁，看來這裏已經到底了，博士一驚，他沒有看到雙頭怪，四周都是岩壁，雙頭怪不可能逃走。

「雙頭怪呢？」海倫跑過來，不見了雙頭怪，她也很吃驚。

「嗨——大魔法師來啦——」查克也趕到了，他做出一個搏擊的姿勢，「嗨，在哪裏——」

「應該就在裏面。」保羅喊道，他指着面前的岩壁，「我探測出這裏有魔怪反應，不過信號很差，博士，這個山洞有強磁場。」

「地貌結構複雜，還有磁場干擾。」海倫用幽靈雷達對着岩壁探測，「真是糟糕，全都遇上了！」

「不要着急，有魔怪反應就好！」博士一指亮光球，亮光球飛到了岩壁的上端，將整面岩壁照得亮亮的。

「這裏——這裏——」海倫忽然激動起來。

「嗯，這裏有個入口。」博士幾乎和海倫同時發現一個洞口，洞口的直徑僅有三四十厘米，距離地面一米多，

裏面黑乎乎的。

「哈哈，從這裏鑽進去了。」本傑明拿着幽靈雷達，走到洞口處，他把雷達探進洞口，「有魔怪反應，真有魔怪反應，看來這傢伙還會縮骨術呢。」

「本傑明——小心——」博士飛身撲來，他一把推開了本傑明。

「忽——」的一聲，一股烈燄從洞口噴射出來，幸好本傑明被推倒在一邊，否則這股烈燄一定會將他吞沒。

「本傑明——」海倫跑到本傑明一邊，把他拉了起來，「你沒事吧？」

「我沒事。」本傑明站在洞口旁五米處，心有餘悸，「這傢伙居然搞偷襲！」

「剛才的動作太冒險了，幸好他沒有把你拉進去呢。」博士指着洞口，先看看本傑明，隨後看看大家，「我們都要小心，魔怪就在裏面！」

「我炸死他！」保羅在博士身邊，他後背上的追妖導彈發射架已經彈開，彈頭對準了洞口。

「先不着急。」博士擺擺手，「看看能不能測一下裏

面的深度和寬度，把他完全定位後再射擊！」

「是。」保羅回答道，開始進行探測。

博士他們都靠在岩壁旁，警惕地看着那個洞口，查克很緊張，剛才的一幕他看到了，此刻他緊緊地貼着岩壁，都不敢説話了。

「博士，信號基本都被干擾了。」保羅的表情複雜，「只能測一個大概數值，裏面很大，寬度大概在三十米左右，深度二十米左右，裏面還有大小坑洞和突出的石塊結構。除了我們這個洞口，裏面沒有其他出口，是封閉的空間。」

「能不能鎖定他？」博士問。

「很難。」保羅很無奈，「信號全部變形，只能鎖定一個大致的範圍，精確瞄準完全失效。」

「忽——」的一聲，又一股火燄噴射出來。

「保羅小心——」博士喊道。

保羅早有防備，他一閃身，躲過那股火燄。本傑明則憤怒了，他從側面走到洞口，一甩手，一枚凝固氣流彈飛進了洞口，裏面隨即發出一聲沉悶的爆炸聲。

「嗖——」的一聲，洞口裏突然飛出一個藍色的光

球，光球滾落在地上，高速旋轉着。

「無影鋼鐵牆──」博士立即唸了一句口訣，一堵鋼鐵牆擋在了大家面前。

「轟──」藍色光球爆炸了，彈片飛射在鋼鐵牆上，被彈開了。

「還敢反擊！」保羅跳出鋼鐵牆外，身上的導彈發射架對準了洞口，「我炸死你──」

「嗖──嗖──」兩枚追妖導彈飛速射出，一前一後鑽進了山洞，緊接着，山洞裏發出一聲沉悶的爆炸聲，大家都等着第二枚導彈的爆炸聲，但是那個聲音沒有傳來。

「怎麼回事？」本傑明看看保羅。

「好像無法引爆，導彈引爆系統也被干擾了！」博士在一邊解釋道。

「嗖──」一枚追妖導彈被扔了出來，導彈「噹」的一聲落在地上，保羅連忙躲到無影鋼鐵牆後面。

「我的導彈！」保羅看到自己的導彈掉在地上，想衝出去揀。

「別去。」博士連忙拉住保羅。

「轟──」追妖導彈爆炸了，強大的氣流將鋼鐵牆震

得一晃，爆炸產生的白煙頓時籠罩住了大家。

「引爆系統被干擾後，導彈隨時會爆炸，」博士説，「千萬不能去揀。」

「哈哈哈哈……」一陣狂笑聲從洞口傳出來，「魔法師，被自己的炸彈炸暈了吧？哈哈哈……」

「雙頭怪！」保羅咬牙切齒地看着洞山，「我……」

「雙頭怪，庫庫和卡卡——」海倫對着洞口大喊，「你們出來吧，你們被包圍了，跑不掉了——」

「庫庫，他知道你的名字。」洞裏的雙頭怪面對面開始説話，右面的頭瞪着左邊的頭，「你這個笨蛋，把名字洩露給他們了！」

「他們也知道你叫卡卡！」雙頭怪左邊的頭毫不示弱地瞪着右邊的頭，「一定是你先洩露的！」

「你這個笨蛋！」卡卡罵道，「是你洩露的……」

「你才是笨蛋……」

「兩個笨蛋，快點出來吧！」洞口外，本傑明的聲音傳來。

「不出來！」雙頭不再對罵了，庫庫對着洞口喊，「有本事你們進來！」

「進去就進去！」本傑明説着看看博士，「我們進去抓住雙頭怪。」

「不行。」 博士擺擺手，他指了指洞口，「這麼小的洞口，要用縮骨術才能穿越進去，這塊岩壁厚度有一米多，縮骨穿越的時候我們毫無防禦能力，如果此時雙頭怪放火，那就麻煩了。」

「穿牆術呀！」海倫突然想到了什麼，「看看我們，把穿牆術都忘了，這太簡單了……」

「我忘了和你們説了，我感覺岩壁是受過處理的。」博士説道，他望着海倫，「不過你可以試試，記住，不要衝得太猛，動作輕一些。」

「好的，我來！」海倫説着後退幾步，對着岩壁衝過去，「擋不住我的心也擋不住我的形──」

海倫衝到岩壁前，她的身子撞在岩壁上，「啊」的叫了一聲，沒有穿越進去，反被彈了回來，還好她沒有用力，博士扶住了她。隨後，博士向大家招招手，他們退到了岩洞的一角。

「岩壁有魔力，我被擋住了。」海倫的眉毛擰在了一起。

「查克，你不要動。」博士叮囑一聲，隨後也衝了上去。

本傑明已經做好了攻擊準備，他準備衝進被炸開的洞口，和雙頭怪大戰一場。洞口處的白煙逐步散盡，本傑明衝到洞口前，頓時愣住了。

洞口的確被炸開一個大洞，基本上可以鑽進去一個人，但是被炸開的洞很大，深度卻不夠，洞口只被炸開一個四十厘米深的喇叭狀開口，喇叭口的裏面，依然是那個三四十厘米直徑的洞口。

「這麼堅固？」保羅很吃驚，「我沒有導彈了。」

「忽──」的一聲，一股火燄從洞口裏噴了出來，大家連忙閃身。

「凝固氣流彈──」本傑明的身體貼着岩壁，向洞口裏甩出兩枚凝固氣流彈。

氣流彈的爆炸聲在裏面傳來，也不知道有沒有炸中雙頭怪。不過裏面安靜下來，沒有火燄噴出來了。

博士帶着大家撤到岩壁一角，他指了指洞口。

「我們用凝固氣流彈集中轟擊，可能威力不如追妖導彈大，但現在只能這樣試試了。」

　　兩個小助手都點點頭，博士讓海倫和本傑明在洞口兩側二十米的地方站好，自己則站在洞口正中二十米的地方，看到大家都站好了位置，博士一揮手。

　　「嗖——嗖——嗖——」，三枚凝固氣流彈一起飛向洞口，「轟——」的一聲，三枚氣流彈一起爆炸，洞口那裏頓時碎石飛濺，三人並不停手，他們又各自甩出一枚氣流彈，三枚氣流彈再次在洞口處炸響，又是一片碎石飛濺。

　　「繼續轟——」博士指揮着大家，隨後又甩出一枚氣流彈。

　　「忽——」就在後繼的三枚氣流彈飛到洞口的時候，裏面噴射出一股強大的火燄，火燄頓時將三枚氣流彈推開，三枚氣流彈被推出四五米遠的距離後爆炸了，而洞口的火燄則沒有停止噴射。

　　本傑明一驚，不過他還是又甩出一枚氣流彈，他的這枚氣流彈剛剛飛到洞口，就被火燄噴射回來，爆炸了。

　　博士擺擺手，叫大家停止攻擊。保羅和查克躲在一塊凸起的石頭後，驚奇地看着這一幕。凝固氣流彈的攻擊停

止了半分鐘後，洞口處的火燄也停止了噴射。

　　「魔法師，來呀，哈哈哈哈……」洞口裏傳出雙頭怪的狂笑，「有什麼招數就用出來吧，哈哈哈哈……」

第十章 爭吵不休的庫庫和卡卡

博士他們又退到角落裏，本傑明急得直抓自己的頭髮。

「怎麼辦呀，還是對付不了他！」

「別着急。」博士比較平靜，「已經堵住他了，我再想想辦法……」

「嗨，我們可以灌水淹他……」查克跑了過來。突然，他停下腳步，「啊——」

只見雙頭怪從洞口鑽了出來，使用縮骨術鑽出來的雙頭怪恢復了原形，他也看到了查克，怪叫着、揮着拳頭向查克撲去。

「你們不來，我們來打你們了！」雙頭怪邊跑邊喊。

「嗨——」海倫看到雙頭怪撲向查克，飛奔幾步，一腳踢在雙頭怪身上。

雙頭怪差點摔倒，他站穩身子，一拳打向海倫，海倫躲過攻擊。這時，博士和本傑明全都撲了上來，查克則跑

回到石塊後，他可嚇壞了。

「啪——啪——」的擊打聲在洞中響起，博士三人圍攻雙頭怪，雙頭怪招架了幾個回合，身上重重地挨了幾下，顯得力不從心了，他突然張大嘴，一股烈燄從口中噴出，他搖晃着腦袋，對着三人噴射烈燄，博士他們後撤幾步。雙頭怪立即轉身，飛奔幾步後對着洞口縱身一躍，他的身體立即變小，鑽進洞口逃了回去。

博士他們躲過火燄，追到洞口的時候，雙頭怪已經跑進去了。

「卡卡，你這個笨蛋，我説不要出去，你偏要出去，結果挨了幾下揍，沒有偷襲成功。」庫庫的聲音從裏面傳來。

「萬一偷襲成功呢？」卡卡毫不示弱，「什麼事都要嘗試，知道嗎？」

「死也要去嘗試嗎？」庫庫很生氣，「給他們抓到就死了！」

「不會給抓到的，我們只是偷襲……」

裏面傳來激烈的爭吵聲。博士將一堵無影鋼鐵牆擺到了洞口，封住那裏，這樣雙頭怪無法出來偷襲，也無法噴

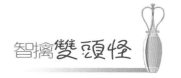

出火燄了。

「查克，你剛才喊什麼？」博士暫時放了心，他走到查克那邊，問道。

「我說用水淹他們。」查克說，「老師，你的法力強大，要是變些水出來，灌進洞裏，淹沒他，這樣他噴火也沒用……」

「你看看，洞口離地只有一米高。」博士指着那個洞口，「灌到一米水就流出來了，他頂多是站在水裏。」

「噢，這我可沒想到。」查克吐吐舌頭。

「博士，乾脆封住洞口，叫他永遠也別出來。」本傑明生氣地瞪着洞口，「反正也沒有別的出口，哼，就讓他在裏面住着吧。」

「是的，要有出口他早就跑了。」海倫接着說，「這傢伙並不難對付，可是這種地形實在是對我們不利。」

「封住洞口後我們也要離開，萬一被他弄開就麻煩了。」博士經過考慮後，說道，「這個洞是他最後的巢穴，裏面估計儲藏了很多的食物，封洞口還是不考慮了。」

「那怎麼辦呢？」保羅看看大家，「就沒辦法對付他

了嗎？」

「先別急……」博士擺擺手，雖說不急，但博士的眉頭一直緊鎖着。

這時，洞口那邊，雙頭怪相互抱怨的聲音傳來，看起來雙頭怪的兩個頭各有想法，經常爭吵。

「等等。」博士忽然想到什麼，他對大家做了一個等候的手勢，自己走向洞口。

來到洞口，博士用魔法將無影鋼鐵牆移動一米，露出一小半洞口，裏面的聲音變得大了起來。

「……你什麼都不聽我的！」庫庫大喊着，「和你在一起真是倒楣！」

「那你離開我呀！」卡卡有力地回擊。

「你怎麼不離開，這個身體也有我的份！」

「我離開？離開我就死了，你盼着我死呀！我死了你也就死了！」

「我不會死，最多托着你這個死腦袋，到時候我就自由了，想幹什麼幹什麼……」

「喂，我說兩位……」博士靠在洞口邊，對裏面說道，「噢，是庫庫和卡卡，你們用一個身體，但是好像一

直在爭吵呀。」

「嗯?」庫庫和卡卡同時一愣,庫庫最先反應過來,他看看洞口外,「怎麼了?關你什麼事?我們都吵了幾百年了!」

「幾百年了?」博士驚奇的樣子,「看你們也就幾十歲,別在這裏裝得很老的樣子……」

「誰裝了?」庫庫不滿地喊道,「我們就是幾百歲了,這有什麼好裝的!」

「兩百年前蘇格蘭魔法師對愛丁堡地區雙頭怪進行了大搜捕,雙頭怪全都被一網打盡了。」博士說,「如果你們是外來的,倒有可能有幾百歲。」

「大搜捕你也知道?」庫庫很驚奇,他笑了笑,「告訴你也沒關係,我們不是外來的,我們就是當時漏網的。你們想把我們全都抓住,沒那麼容易。」

「嗨,你怎麼什麼都和他說,他是魔法師!」卡卡抱怨起來。

「說說又怎麼了?」庫庫滿不在乎,「我願意說,不要你管!」

「我……」卡卡氣得說不出話來。

「看看你們這個地方，很隱蔽，我也相信你們真是漏網的。」博士看了看悄悄走過來的海倫和本傑明，隨後把頭湊向洞口，「那些狼妖和熊妖也是你們馴養的吧？很厲害呀。」

「全給你們炸死了。」庫庫沒好氣地說，「好不容易養大的！」

「沒什麼可惜的。」博士故意說道，「有幾個沒死的，說只要我們給牠們療傷，就告訴我們你們的藏身處，我們因此就找來了，否則怎麼能找到你們？你們藏得這麼隱蔽，連大搜捕都躲過了。」

「不、不可能！」卡卡聽到這話，大喊起來，「牠們都忠心耿耿！」

「怎麼不可能，我們不是找來了嗎？」博士大聲說，「告訴你們吧，沒死的狼妖和熊妖都說了你們的藏身處，牠們還說你們對牠們不好，尤其是卡卡！」

「什麼？我對牠們不好？」卡卡憤怒了。

「你敢說你沒罵過牠們？」博士看看捂着嘴偷笑的海倫，做了一個不要出聲的手勢，他把頭探向洞口，「牠們說你還打過牠們呢！」

「卡卡，這都怪你！」庫庫叫了起來，「就是你打牠們才這樣的，上次狼老大多吃了幾塊肉，你就打牠……」

「你也打過！」卡卡立即回嘴，「總是説我……」

「庫庫，有個狼妖説你好像總是受卡卡的氣，他總是欺負你。」博士的語氣像是在求證，「本來嘛，你們是平等的，不過好像什麼事都要聽卡卡的，他是你老大，對吧？」

「對！」庫庫大怒，「他總是想管着我，我一直受氣，但是他不是我的老大！我才是老大……卡卡，你聽到了？誰都説你總是管着我……」

「我沒有管着你，是你總是自以為是！」卡卡也生氣了，「你想當我的老大……」

「庫庫，狼妖還説很多事其實都是你説的對，可是你卻總要聽卡卡的。」博士對強忍着笑的本傑明和海倫使着眼色，不讓他倆笑出來，「比如説剛才，本來你們呆在洞裏好好的，又是卡卡建議偷襲，結果你們挨了好幾下揍。」

「啊，對呀。」庫庫瞪着卡卡，「還説沒有？看看，外人都看出來了，你還狡辯，我怎麼和你在一起呀，

我……」

　　「其實淪落到今天，都是卡卡的錯呀！」博士的語氣充滿了感慨，「可惜你庫庫了，和這樣一個傢伙在一起。」

　　「喂，你不要挑撥我們！」卡卡似乎聽出了什麼，

「庫庫，別聽他的。」

「我哪句説的不是事實？」博士的語氣充滿了無奈，「庫庫，你想想……」

「是的，他説的都對！」庫庫對着卡卡大吼道，「被堵在這裏，全是你的錯……」

「你講不講理呀？」卡卡也吼叫起來，「怎麼是我的錯？是你的錯……」

「還嘴硬！我揍你！」庫庫控制的右手一拳砸在卡卡的頭上。

「啊，你打我？我……」卡卡控制的左手一拳砸在庫庫的頭上。

「啊——痛死啦——」庫庫掄起拳頭，又砸下去，「我打死你——」

卡卡馬上擋住庫庫的拳頭，雙頭怪兇狠地打在了一起。

第十一章　雙頭怪被擒

博士連忙把頭湊向洞口，他聽到雙頭怪在裏面展開了相互的攻擊，又打又喊，突然，雙頭怪似乎倒在了地上，不過手都沒停，繼續打着。博士連忙看看本傑明和海倫。

「他們倒地了，我先進去；本傑明，你跟着我；海倫最後進來。」

說着，博士唸了一句縮骨術口訣，爬進了洞裏，他很快就從洞的那一邊鑽了出來，雙頭怪還在打着，博士站在一邊，這時，本傑明和海倫也鑽進來了。

「別打了——」博士大喊道，「快住手——」

「不要打了。」海倫也喊道。

「打死你——打死你——」庫庫和卡卡同時喊着，根本就不停手。

「停手，停手。」博士上去拉住庫庫控制的右臂，海倫則拉住卡卡控制的左臂。

　　「你們——啊，魔法師——」卡卡先反應過來，「庫庫，你這笨蛋，不看着洞口，魔法師都進來了！」

　　「你怎麼不看着——還説我——」庫庫説着用力掙脱卡卡，「我打死你——」

　　他倆又打在一起，攔都攔不住。博士和海倫倒退兩步，看着激烈地搏鬥的雙頭怪，這種景象倒是比較罕見，他們根本就是一個身體，怎麼看都是自己打自己。

　　「結束吧，綑住他們。」博士看看海倫。

海倫點點頭，隨手飛出綑妖繩，綑妖繩將雙頭怪的右手綑在身上，頓時不能動彈了。

「啊？」庫庫和卡卡頓時愣住了，他倆這才想起來真正要對付的是魔法師，雙頭怪唯一能動的左手舉了起來，打向博士，「魔法師，我⋯⋯」

「嗖」的一聲，本傑明的綑妖繩飛到，將雙頭怪的左手和身體綑在一起，雙頭怪雙手被綑，無法動彈，他惱羞成怒，一腳踢向本傑明，本傑明一躲，雙頭怪踢空，這時，海倫又甩出一根綑妖繩，將雙頭怪的腿綑住。雙頭怪倒在地上，他用力掙脱綑妖繩，但毫無辦法。

「算啦，省點力氣吧。」博士説道。

雙頭怪聽到這話，不再掙扎了，兩個頭都喘着粗氣，忽然，庫庫張開大嘴，要去咬卡卡，卡卡連忙躲閃。

「你們還打？」本傑明衝上去，一拳砸在庫庫頭上，「誰要是再打，我就不客氣了！」

庫庫咧着嘴，老實了。博士這時才去看這個「夾層」的情況，這裏是一個很大的空間，裏面很亂，有一個很大的草窩，是雙頭怪睡覺的地方，房間的一角堆着罎罎罐罐，還有很多礦物和採摘的植物，應該是雙頭怪煉製魔藥

的地方，房間的另一角堆着幾隻死去的鹿的屍體，還有十幾隻兔子，明顯是雙頭怪放食物的地方。

「博士——怎麼樣了——」保羅的聲音從外面傳來。

「馬上出來。」博士説。

博士用法術將雙頭怪縮小，送出到洞外，他們三人也來到洞外，雙頭怪的身體被還原，查克圍着坐在地上的雙頭怪轉了幾圈，很興奮。

「這次有你很大的功勞，可以寫進給魔法師聯合會的報告。」博士誇讚地看着查克，「這份報告極可能被紀錄進《魔法史》中的擒拿篇章裏呢。」

「這次可不是去喊『妖怪被抓到了』，你是真正參加了捉妖行動呢。」本傑明笑着説。

「喂——」海倫笑着碰了碰本傑明。

「對呀，我親自參加了捉妖行動。」查克一直很興奮，「我真是一個偉大的魔法師呀，我太崇拜自己了……」

博士圍着雙頭怪走了一圈，雙頭怪坐在地上，低着頭，一句話也不説，本傑明剛才那拳打得可不輕。

「庫庫，」博士半蹲下身子，「能不能告訴我你那晚

去機場幹什麼？」

「那天晚上我們是追一隻鹿，本來不用我們追的，可是狼老大和熊老大牠們那天都不在，我倆就去追一隻鹿，一直追到機場附近。」庫庫怕被本傑明揍，連忙説，「我們看到過天上飛的飛機，但從沒有去過機場，我們想看看飛機是怎麼會飛的，我們實在太好奇了，看看那裏空空的沒有人，就跨過圍欄去看飛機，結果……」

「結果你們殺了兩個人！」博士瞪着庫庫，「下手也太狠了！」

「他們拿槍打我們，」庫庫回避着博士的目光，「我們是反擊。」

「你們總有理由。」博士搖着頭，「後來你們又召集馴養的狼和熊去報復了？」

庫庫沒説話，只是點點頭。

「兩百年前魔法師對你們的大搜捕，你們是怎麼躲過去的？」博士換了個問題。

「聽説有同伴被抓後就藏在洞裏。」庫庫向洞口努努嘴，「把洞口從裏面給封上了，躲在裏面兩個月才敢出來。」

「你們出來後就一直藏身在這裏？」博士説，「老實説，兩百年了，確實沒有你們在大搜捕後在這個地區作怪的紀錄。」

「我們出來後，看不到以前的那些伙伴，就嚇得再也不敢出去了，捕食都是靠養的狼和熊幫我們，偶爾才會外出一次。」庫庫説。

「嗯，你們長期生活在這裏，害怕光，對吧？」

「對。」庫庫點點頭。

「明白了。」博士説着站了起來，他看看查克和幾個小助手，「漏網的魔怪其實還是時刻對人類有威脅呀。」

「這傢伙怎麼辦？」保羅指指雙頭怪。

「給蘇格蘭魔法師聯合會打電話。」博士説，「雙頭怪是他們大搜捕沒有抓到的，他們也和我説過，抓到雙頭怪要交給他們處理，在大搜捕之前，這些傢伙做過許多壞事！」

説着，博士的目光直逼雙頭怪，庫庫和卡卡都連忙低下頭。

海倫去打電話了，本傑明走到博士身邊，他想起來

剛才博士故意挑動雙頭怪相互攻擊說的那些話，壓低了聲音。

「博士，你怎麼知道卡卡對那些狼妖不好？」

「根據經驗呀！」博士也小聲地說，「魔怪基本上都脾氣暴躁，狼妖和熊妖也是兇殘的動物，儘管牠們是被魔怪馴養的，而且還很服從，但是沒有一點矛盾和摩擦是不可能的。我只不過是借題發揮了一下。」

本傑明連連點頭，他真是太佩服見機行事的南森博士了。

尾聲

兩天後，蘇格蘭愛丁堡機場的候機大廳，飛往倫敦的航班已經可以辦理登機手續了。

本傑明抱着保羅，和海倫焦急地向候機大廳的大門那裏張望着。他們的身邊，博士正在和喬納森以及兩位前來送行的魔法師説着話。

「這個查克，怎麼還不來呀！」本傑明仰着脖子，一直看着大門那裏。

「是啊，説好了九點到，現在都九點十分了。」海倫看着手錶説。

「還説來送我們呢，我看他給忘了。」保羅説道。

「是在家裏睡大覺吧？」本傑明很不高興地説，突然，他興奮起來，「嗨，來了，來了……」

只見查克匆匆地跑了進來，手裏還提着一個袋子。

「嗨，我們在這裏——」本傑明連忙招手。

「嗨——」查克看到本傑明，連忙跑了過來。

博士看查克來了，也迎了上去。

「不好意思，來晚了。老師，這是藍莓，最新鮮的藍莓，早上剛採摘的。」查克把袋子拿給博士，「倫敦那邊可找不到這樣新鮮的藍莓。」

「噢，非常感謝。」博士連忙説。

「還有這個，」查克説着從口袋裏掏出一張紙，「這是我替你們擬好的本次捉拿雙頭怪的報告，我知道你們都很忙，就幫你們寫好了，聽説能被寫進《魔法史》呢，我太激動了……」

「你幫我們寫好了？」博士瞪大了眼睛。

「我來看看，」本傑明説着連忙拿過那張紙，「我來念……」

「重點是用紅線標注的那段。」查克提示道。

「……博士一行怎麼找也找不到雙頭怪，他們着急呀，這是他們有生以來遇到的最大的困難，但是再着急，也找不到雙頭怪，海倫和本傑明因此都有了輕生的念頭。」本傑明皺起了眉頭，「就在這時，『唰』的一道閃電，歷史上最偉大的魔法師查克出現了，是他幫助博士等找到了雙頭怪……」

　　「查克同學，」海倫哭笑不得，「你說我有了輕生的念頭？」

　　「比喻，這是一種比喻，這才能突出我的強大。」查克揚揚眉毛，「這也是一種鋪墊，《魔法史》裏的紀錄可不能平鋪直敍呀⋯⋯」

　　「這個報告⋯⋯」博士看着大家，哭笑不得。

　　「老師，我寫得還好吧？」查克連忙問。

　　「這個⋯⋯」博士看看海倫，又看看本傑明和保羅，無奈地笑了笑，「這個⋯⋯」

偵探課堂

對「反陷阱」的處理方式

姓名：

課次：

內容：對「反陷阱」的處理方式

學習重點：1，什麼是「反陷阱」
2，預先方案與布置
3，輔助手段

各位小偵探：

在實際的偵破案件過程中，任何疑犯都不是乖乖地等着你們來抓他，他們很狡猾，為了逃脫追捕，會處處防範，甚至會對偵探們設置「反陷阱」，引誘偵探上當。

1，那麼，什麼是「反陷阱」呢？舉例來說，一個毒販開車去收貨，他當然不願意被抓到，此時，毒販最怕的就是被跟蹤，一旦被跟上，那他到哪裏交易都要被抓住。一般情況下，他會採用以下辦法：那就是開車在市區轉來轉去，途中連闖三個甚至四個紅燈，如果警方人員擔心失去目標跟着連闖紅燈，那麼就落入了毒販設置的「反陷阱」之中了。現實生活中，也

許有汽車跟着前面一輛車闖一個紅燈，但是一路相隨連闖三四個紅燈，誰都明白這完全就是跟蹤了。如果此時警方人員經驗不足，跟着闖紅燈，那麼毒販會立即取消交易，並明白自己被盯上了，從此銷聲匿跡的可能性極大，這極可能造成整個行動的失敗。

2，應對各種「反陷阱」，都是要事先進行構想和布置的，簡單地說要做足準備工作，還是舉這個例子，為防止毒販使出連闖紅燈的詭計，預先方案有很多並可以一併執行：可以安排多車跟蹤，可以安排市區主要路口多車守候，統一進行調度，一旦毒販闖紅燈，不用跟着闖，而是通知下一路口守候車輛跟進。如果沒有守候車輛，另外車輛等綠燈亮起時再去追蹤，市區道路不是高速路，毒販車輛很難一騎絕塵地跑掉的。

3，上述例子中，多車在各個路口守候，就是一種重要的輔助手段。應對預案中，都要有完善的輔助手段以應對「反陷阱」，這種輔助手段可以是各種方式，有技術上的，有思路上的。例如，事先了解這個毒販的駕車習慣也是一種輔助手段，在實戰中，往往能起到關鍵作用。

識破「反陷阱」，對一個案件的偵破能起到關鍵作用，這需要偵探人員具有良好的判斷能力，果斷的決策能力。

魔幻偵探所